Gedisst

Daniel Höra

# Gedisst

bloomoon

**Bibliografische Information der Deutschen Nationalbibliothek**
Die Deutsche Nationalbibliothek verzeichnet diese Publikation in der Deutschen Nationalbibliografie; detaillierte bibliografische Daten sind im Internet über http://dnb.d-nb.de abrufbar.

MIX
Papier aus verantwortungsvollen Quellen
FSC® C083411
www.fsc.org


Text: Daniel Höra
Covergestaltung: Grafisches Atelier arsEdition unter Verwendung von Bildmaterial von © Getty Images/Thinkstock

ISBN 978-3-8458-1263-2

www.bloomoon-verlag.de

*Für Gerald,*
*ohne den dieses Buch*
*wohl noch immer wie ein verirrter Satellit*
*in der Erdumlaufbahn schweben würde.*

# 1

»Du bist tot, Motherfucker!« Schädels Stimme war laut und schrill und hallte wie ein Schuss zwischen den Mauern der Wohnblöcke wider. Er formte mit seinen Fingern eine Pistole, die er mir an den Kopf hielt.

Schädel war ein Idiot und mein bester Freund. Er war Hip-Hopper, wobei er ständig die großen schwarzen Jungs, ihren Ghetto-Slang, ihr Gangsta-Getue nachmachte. Er guckte zu viel MTV. Der arme Junge war vollkommen verseucht. Manchmal ging er uns ziemlich auf die Nerven mit seiner Masche.

Ich verdrehte die Augen und tat, als ob ich eine Kugel im Kopf hätte. Ich ging in Zeitlupe zu Boden, streckte alle viere von mir und glotzte in den grauen Himmel.

»Ist der fertig, Mann«, hörte ich Marcel sagen. Die Mädchen kicherten. Klar war ich fertig. Ich lag auf der nassen Erde, ließ mich vom Regen bepissen und tat, als ob es mir nichts ausmachte. Ich wusste auch nicht, warum ich manchmal so einen Scheiß machte. Wahrscheinlich wegen der Mädchen.

Kiki und Mandy saßen auf der Lehne der verrotteten Bank und kicherten.

Ich sprang hoch, entsicherte meine imaginäre Uzi und ballerte die Mädels weg. Sie lachten. Kiki zeigte mir einen Vogel. »Irgendwann landest du noch mal im Knast mit deiner Scheiße«, sagte sie.

»Ja, und wenn ich rauskomme, werde ich dich als Erste besuchen«, flüsterte ich mit meiner Psycho-Stimme.

»Ihh! Wie krank«, kreischte Mandy.

Ich stand auf Mandy. Die war irgendwie süß.

Schädel, Marcel und ich standen um die Bank wie dämliche Ochsen um einen Trog und ließen uns von den beiden verarschen, als wüssten wir es nicht besser. Hübsche Mädchen haben eine fiese Ader.

Wir hatten uns wie üblich an der Bank zwischen Block zwei und drei getroffen. Da waren wir meistens. Oder an der Bank zwischen Block vier und fünf, bei den zwei krüppeligen Bäumen. Manchmal, wenn der Wind durch die Blätter pfiff und ich die Augen zumachte, dachte ich tatsächlich, ich wäre im Wald. Irgendwie bescheuert, aber was soll's? Die beiden Bäumchen erinnerten mich immer an ein altes Ehepaar. Der eine Baum hatte so eklige Knubbel, wie zwei alte Hängetitten.

Klapperdürr standen sie da und sahen aus, als wollten sie uns belauschen. Ich an ihrer Stelle wäre längst ausgerastet. Das ständige Rotzen und unser blödes Gelaber dazu. Hin und wieder wurden sie von einem von uns Jungs angepisst. Schön war das nicht. Aber sonst lief ja nichts.

Normalerweise trafen sich bei der Bank viel mehr Leute. Wir konnten locker hundert Mann zusammenbringen. Alle aus der Platte. Wir waren eine Riesengang.

Aber bei diesem beschissenen Wetter hingen die meisten

zu Hause ab und daddelten am Computer oder zogen einen durch oder kippten gerade ein paar Bier. Oder alles gleichzeitig.

»White Riot«, schrie Schädel und trat die letzte heile Strebe aus der Bank. Eine Frau schimpfte aus einem Fenster, Schädel drohte ihr mit der Faust, da verschwand sie.

Vor dem Hip-Hopper hatte er den Fascho gegeben und davor den Punk, aber tief innen drin lag der brave Maik unserer gemeinsamen Kindheit begraben.

Aus Maik war irgendwann Schädel geworden. Schädel, weil er seinen Kopf mit voller Wucht an die Außenwand unserer Platte geknallt hatte. Schuld war die Pulle Cognac, die er von seinem Alten mitgehen ließ. Schädel hatte mit ausgebreiteten Armen wie Jesus am Kreuz dagestanden und verkündet, er würde jetzt und sofort die Wand mit seinem Kopf spalten.

»Aufgepasst, Damen und Herren«, rief er, und noch ehe wir ihn davon abhalten konnten, hatte er seinen Kopf wie einen Glockenklöppel geschwungen und donnernd gegen den Beton geballert. Irgendwie war es ja auch lustig, aber als er wie vom Blitz getroffen dalag, blutend und zuckend, die Augen ins Weiße verdreht, den Mund aufgerissen, wurde uns doch etwas anders.

Sein Schädel war gebrochen und die Hälften hatten sich verschoben, wie Erdplatten nach einem Beben. Aus dem Loch spritzte der rote Saft. Sah irgendwie hell aus und gar nicht so, wie ich gedacht hatte. Eher wie Kirschmarmelade.

»Ich kann sein Gehirn sehen«, hatte Matze aufgeregt geschrien und sich die Hand so affig vor den Mund gehalten wie in einem billigen Horrorfilm.

»Der hat doch gar keins«, hatte irgendwer gesagt. Und wir mussten trotz der Scheiße lachen.

Für ein paar Wochen nannten wir ihn dann »the brain«, bis Rocco sagte, »brain« würde auf Deutsch Schädel heißen, und das wäre doch viel besser. Natürlich heißt »brain« nicht Schädel, aber Rocco war nicht der Hellste, und im Englisch-Unterricht, wenn Frau Schulze-Rohrbach den Unterschied zwischen past perfect und present perfect runterleierte, saß er da und träumte vor sich hin, wobei seine langen Mädchenwimpern aufgeregt flatterten. Wir stießen uns dann immer an und flüsterten: Jetzt hat er wieder einen durchgezogen auf dem Klo. Aber wahrscheinlich stellte er sich nur vor, wie er seinem Alten aufs Maul haute, der jeden Abend dasselbe mit ihm und seiner Mutter machte. So viel zu Rocco.

Wir hatten eben alle unsere Macke.

Schädel war seit seinem Crash Epileptiker und hatte ständig so ein Ding zum Draufbeißen dabei. Manchmal, wenn wir gute Laune hatten, schmissen wir das Ding durch die Gegend und riefen: Hol's!

Auf Hip-Hop standen wir übrigens alle. Lil Wayne, 50 Cent, Massiv, Bushido. Das war der Soundtrack zu unserem Leben. Zwar waren wir nicht in Amerika in irgendeinem verschissenen Ghetto, wo die Homies an der Ecke stehen und coole Gesten machen, aber wir waren nah dran. Und was sollten wir auch hören? Volksmusik? Arbeiterlieder? Böhse Onkelz waren immer noch angesagt. Und manchmal hörten wir auch den ganzen Nazikram. Irgendwer hatte immer so was dabei. Doitschkurs, Volxempfänger oder so. Dann gaben wir uns die volle Dröhnung. Nach ein paar Bier ist das auch egal. Hauptsache, es kracht.

Aber eigentlich war Hip-Hop unser Ding. Auch wenn sich in unserer Clique alles traf: Hip-Hopper, Rechte, Punker, Sprayer, Skins, Skater. Selbst die Normalo-Deppen gehörten irgendwie dazu. Wir wohnten alle in der Platte, das schweißt eben zusammen.

Wir rappten auch selber. Anfangs bei Angie im Keller, bis eines Abends Herr Matzanke auftauchte, mit hektischen Flecken im Gesicht, uns als asoziale Bande beschimpfte und schrie, wir sollten uns verpissen.

Manchmal kam Ronny bei unserem Treffpunkt vorbei. Ronny war der Anführer der Glatzengang. Sie nannten sich »White Boyz« und trugen nur weiße Klamotten: weite weiße Hosen, weiße T-Shirts, weiße Bomber. Nur die Stiefel waren schwarz und poliert, dafür waren die Schnürsenkel weiß. Sie machten einen auf Wehrsportgruppe und harte Jungs. Dabei sahen sie eher wie schwule Matrosen aus.

Ronny war ein ekliger Typ. Er war mindestens schon zwanzig, picklig wie ein Streuselkuchen und wohnte immer noch bei seiner Alten. Er hatte ein Frettchengesicht: schmal und fies. Seine winzigen Augen hockten wie zwei böse Tierchen in ihren Höhlen und lauerten auf Beute.

Schädel hing früher mal eine Zeit lang mit den White Boyz rum. Und jedes Mal, wenn Ronny ankam, legte er Schädel den Arm um die Schulter, als wollte er ihn hinter irgendeiner vollgepissten Wand vernaschen. Aber wir bekamen bald raus, dass Ronny mal mit Debbie rumgeknutscht hat. Ausgerechnet Debbie! Was hängte die ihre Zunge in den idiotischen Ronny?

Anfangs fand ich Debbie schlimm. Sie wirkte irgendwie so vernünftig und machte einen auf unnahbar. Aber alles nur

Show, sie war irre nett. Irgendein Kerl ihrer Alten wollte ihr mal an die Wäsche gehen, da ist sie zur Polizei. Seitdem verstand sie sich nicht mehr mit ihrer Mutter.

Danach fing sie an, wie irre zu klauen. Debbie war ziemlich tough. Das muss man auch sein, wenn man in der Platte lebt. Du darfst kein Opfer sein. Da kannst du schlau sein, wie du willst. Das nützt dir dann gar nix.

Und hübsch war Debbie, aber das kriegte man erst auf den zweiten Blick mit, weil sie nicht so tussig rumlief. Sie war mehr der sportliche Typ. Immer Trainingsjacke, Jeans und Turnschuhe. Und immer einen Pferdeschwanz, der lustig wippte, wenn sie die Straße runterkam. Und sie machte nie irgendwelche Moden mit. Da war sie unbestechlich. Also dass ausgerechnet Debbie mit dieser hässlichen Vogelscheuche Ronny ... Na ja, jeder hat mal einen schwachen Moment.

Ronny brachte uns immer Bier mit. Dann öffnete er die Flaschen mit seinen fauligen Zähnen und quatschte uns die Ohren voll. Über Volk und Vaterland und über die Ausländer. Dabei waren in Schwedt kaum welche. Nur ein paar Fidschis, bei denen Ronny seine billigen Zigaretten kaufte. Und Volk gab es in Schwedt immer weniger, weil die Leute abhauten. Es gab ja nichts. Keine Arbeit, kein Vergnügen. Schwedt war schon fast eine Geisterstadt. Nur die Alten und die Deppen spukten da noch rum. Und wir.

Das Vaterland? Das interessiert doch keinen mehr, sagte mein Alter. Die Welt ist überall gleich beschissen! Das war seine Meinung. Wenn er mal in Fahrt kam, faselte er von feindlicher Übernahme aus dem Westen. Die reichen Wessis hätten die armen Ossis gekauft wie einen Sack Kartoffeln.

»Die ham uns doch nach Strich und Faden verarscht«, zeterte er.

»Vaterland! Ha! Vater Staat, wa? Alles Beschiss! Auch wenn die DDR kleiner war«, schimpfte der Alte. »Dafür hatte man auch mehr Durchblick. Die Wessis geben uns die Kohle doch nur, damit wir die Schnauze halten und nicht aufmucken. Und immer schön Geld ausgeben, um die Maschine am Laufen zu halten. Scheiß-Kapitalisten! Im Osten gab's zwar nix zu kaufen, aber wenigstens hatte jeder seine Arbeit. Und Ansehen und Würde. Heute bist du doch nur noch der letzte Arsch. Hör doch auf ...« Er winkte ab.

»Und die Häuser waren auch in einem besseren Zustand.«

Das kam regelmäßig am Ende. Das war wie das Amen in der Kirche. Vorher durfte keiner aufstehen. Es machte den Alten fertig, dass vor seinen Augen alles den Bach runterging.

Alles bröckelte. Nicht nur der Beton, auch die Nerven des Alten. Aber was wusste ich schon, und es war mir auch egal. Ich hatte meine eigenen Probleme. Der Alte lag nur noch zeternd auf dem alten Sofa und schwang große Reden. Zwischendurch nahm er einen Schluck Bier und schnappte nach Luft.

Mama war rechtzeitig gestorben, die musste das wenigstens nicht mehr mitmachen.

»Selbst das Fernsehprogramm haben die Wessis in der Hand«, laberte der Alte vor sich hin, die Fernbedienung in der einen Hand, die andere drohend zur Faust geballt. »Gibt nur noch Scheiße.«

Dabei gab's in der DDR nur zwei Sender. Hatte er das vergessen?

Schimpfte der Alte mal nicht auf Politik oder Glotze, war's was anderes.

Arbeitslosigkeit und Langeweile hatten den Alten immer mehr absacken lassen. Seit mindestens 15 Jahren hatte er keinen Betrieb mehr von innen gesehen.

Früher war er im Chemiekombinat Ingenieur, mit großer Kohle und großem Auto. Jetzt war alles ein paar Nummern kleiner. Nur die große Fresse war geblieben.

Ich verbrachte möglichst wenig Zeit zu Hause und war meist nur zum Schlafen da. Lieber hing ich mit Schädel rum und Marcel und Ratte und Kiki – der harte Kern unserer Gang.

Wenn wir uns nicht an einer unserer Bänke oder an der Tanke trafen, dann trieben wir uns im Center rum. So einem überdachten Paradies für Menschen mit Kohle. In der Mitte plätscherte ein Brunnen, da saßen wir dann und glotzten den Leuten nach. Wir klauten wie die Blöden, schnorrten Zigaretten, und wenn uns danach war, zogen wir einen ab. Jacke, Handy, Zigaretten, Geld, I-Pod. Was man so brauchte zum Überleben. Einem von diesen Losern hatten wir sogar mal die Turnschuhe abgezockt. Der ist heulend auf nackten Füßen abgedackelt.

Wir waren gut im Abziehen. Aber man musste aufpassen wegen der Wachleute. Die hatten sich auf uns eingeschossen. Meistens schmissen sie uns schon raus, wenn sie uns nur sahen.

Einer war aber ganz nett und quatschte mit uns und gab uns Zigaretten aus. Wenn der da war, konnten wir uns sogar benehmen.

Wir gingen meistens nach der Schule ins Center. Manchmal auch vorher. Manchmal mittendrin und manchmal auch stattdessen. Man lernt ja fürs Leben, heißt es immer. Jedenfalls lernten wir im Center mehr als in der Schule. Und für welches Leben auch? Was blieb uns denn, außer rumzuhängen und darauf zu warten, dass etwas passierte.

Meistens passierte ja nichts, aber in meinem Fall war das anders. Auf einmal war ich in einer ziemlich schrägen Geschichte drin, über die ich null Kontrolle hatte. Und das ist wirklich übel, wenn du auf einmal den Deppen für die anderen gibst.

Aber wie auch immer, es war eine richtige Geschichte mit Hauptdarstellern, Nebendarstellern und Statisten. Nur einen Regisseur gab es nicht. Es sei denn, man glaubt an den lieben Gott. Aber ich glaube eher, dass Schwedt nur ein winziger Pickel an seinem Arsch ist. Gott hat andere Sorgen, als sich um diese abgefuckte Stadt zu kümmern.

Der Hauptdarsteller in diesem kleinen Drama war ich selber. Leider kein richtiger Star. In Schwedt gab es nur das ganz normale Leben, da wurden keine Stars gemacht.

Und es gab jede Menge Plattenbauten, mit blinden Fenstern, in denen sich der Irrsinn spiegelte. Viele waren schon leer und warteten auf den Abriss.

In Schwedt gab es eine verlorene Fußgängerzone mit einem verrotteten Brunnen, auf dem die Tauben nisteten und dessen Farbe unter der ganzen Scheiße nur noch zu erraten war. Und es gab die Tanke, vor der sich freitagabends immer die Racer trafen, um mit ihren aufgemotzten Karren Rennen gegeneinander zu fahren. Oder um mit durchdrehenden Reifen vor den Bullen zu flüchten.

Hätte ich unser Leben zeichnen müssen, hätte ich es grau gemalt. Okay, vielleicht nicht nur grau. Ich hätte auch Schwarz genommen und etwas Braun.

Alles klar? Ich heiße Alex. Aber das ist immer noch besser als Schädel. Oder Ronny. Oder Rocco.

# 2

Es fing damit an, dass ich von meiner Oma zurückkam, die auch bei uns in der Siedlung wohnte. Ich ging oft zum Mittagessen bei ihr vorbei. Sie war uralt. Bestimmt schon sechzig, aber sonst ganz okay. Und ihr Essen war nicht übel.

Wenn sie mich ausfragte, wie es in der Schule war, erzählte ich ihr irgendeinen Blödsinn und dachte mir Geschichten aus über irgendwelche Leute. Oma dachte sich nichts dabei, sie hörte eh schon wieder weg, wenn ich loslegte.

»Dir kann man sowieso nichts glauben, du bist ein richtiger Geschichtenerzähler«, sagte sie kopfschüttelnd.

Einmal habe ich ihr erzählt, dass in unserer Schule einer Amok gelaufen ist und acht Lehrer und drei Schüler erschossen hat, darunter auch meinen Bruder Thomas. Bevor ich mit meiner Story zu Ende war, verschwand sie in die Küche und fragte, ob ich was trinken will. Wahrscheinlich war ich aufgeflogen, weil ich gar keinen Bruder namens Thomas hatte. Und nicht nur das, ich habe überhaupt keinen Bruder. Nur eine Schwester. Nora! Die hatte einen Freund, vor dem man schreiend weglaufen wollte. Dennis! So ein richtiger Schlägertyp mit zusammengewachsenen Augenbrauen.

Aber ich wollte eigentlich von Frau Neuhaus erzählen.

Mit der fing die Geschichte nämlich an. Um drei Uhr nachmittags hatte eine Nachbarin sie halb totgeschlagen in ihrer Wohnung gefunden, und eine halbe Stunde später standen schon die Cops bei uns auf der Matte. Beachtlich, wo die sonst immer so lange brauchten. Besonders wenn sie zu uns in die Siedlung mussten.

Um vier Uhr war ich schon mit dem Alten auf der Polizeiwache. Der Bulle, der uns gegenübersaß, machte einen auf väterlich. So ein ältlicher Cowboy-Typ, in verwaschenen Jeans. Etwas angeranzt. Total daneben. Seine Wangen hingen runter wie bei einem alten Köter.

»Mein Name ist Otter. Otter, wie das gleichnamige Tier«, sagte er vollkommen ernst. Ich fasste es nicht, was für ein Verlierer. Mit solchen Bullen gewinnt ihr nie, dachte ich.

»Jemand hat gesehen, wie du mit Frau Neuhaus ins Haus gegangen bist«, begann Otter ohne Umweg und spitzte die Lippen. Die Augen vom Alten wurden immer größer und sein Mund ging auf und zu, wie bei einem, der gerade absäuft.

Ich sagte Otter, dass ich der alten Dame nur die Tasche getragen hätte, sonst nichts. Ich kam mir vor wie in einem Film. Das war schon abgefahren.

»Und warum hast du ihr die Tasche getragen?« Otter ließ nicht locker.

»Na ja, nur so«, sagte ich. Mehr fiel mir nicht ein. Ich war eigentlich nicht so der Taschenträgertyp. Das wusste der Alte auch und sah mich scharf an.

»Wie war das denn genau?«, fragte Otter schleppend und malte Männchen aufs Papier.

Ein richtiger Profi, dachte ich. Jetzt kocht er mich weich.

Ich blieb ruhig. Taschetragen war unsereinem ja nicht verboten. Noch nicht, zumindest.

Aber Otter hatte sich festgebissen mit seinen Nagezähnchen.

»Erzähl doch mal. Hast du Frau Neuhaus angeboten, ihr die Tasche hochzutragen?«

Du tickst wohl nicht ganz sauber, dachte ich. Ich schleppe den Leuten doch nicht aus Langeweile ihre Taschen hoch.

»Hat sie dich darum gebeten?«, wollte er wissen.

»Ja, genau«, sagte ich.

Ich hatte eben eine hilfsbereite Ader, die pochte und pochte, und dann kam jemand an und zapfte ein bisschen Sozialsaft ab.

»Ja und dann?« Otter verzog den Mund zu einer Art verständnisvollem Lächeln, sah dabei aber eher aus wie ein Schlaganfallopfer. Mein Opa hatte so einen Hirnkasper gehabt, und danach war seine linke Hälfte tot. Vom Scheitel bis zur Sohle. Er brachte auch nur noch halbe Wörter raus. Echt! Nur in der rechten Seite war noch Leben. Die andere war völlig tot. 'ne halbe Leiche. Otter konnte da locker mithalten.

Als ich anfing zu erzählen, lief das Ganze noch mal wie ein Film in meinem Kopf ab. Ich sah Frau Neuhaus vor mir, wie sie keuchend auf dem Bürgersteig stand. Zwei volle Kunstledertaschen vor sich auf dem Boden, von denen eine gefährlich zur Seite schwankte und ausgerechnet in dem Moment umfiel, als ich vorbeiging. Äpfel, Margarine, Graubrot, Milch, der ganze Kram kullerte mir vor die Füße. Frau Neuhaus wischte sich mit einem Taschentuch über die welke Stirn.

»Na, Frau Neuhaus, schwer geladen, was?«, fragte ich und half ihr, den Kram einzuräumen. Da laberte sie schon los: »Alex, die Taschen sind wirklich schwer. Kannst du sie mir nach oben tragen?«

Ich guckte mich um, ob jemand von meiner Gang in der Nähe war, schnappte mir die Dinger und war schon im Hausflur verschwunden, bevor Frau Neuhaus Piep sagen konnte. Ich hörte sie hinter mir schnaufen wie eine kaputte Maschine.

»Sonst nichts?« Otter versuchte, mich mit seinem Blick aufzuspießen, als wäre ich ein Käfer oder so was. »Das war alles? Du bist nicht mit in die Wohnung?«

Ich schüttelte den Kopf. »Genau so war es.« Fast hätte ich geschworen, wie in den amerikanischen Gerichtsfilmen.

»Du warst sicher nicht in ihrer Wohnung an diesem Tag?«

»Was sollte ich denn auf der Greisenstation?«, fragte ich ihn. »Auf die Mischung aus Alteleutepisse und Moder und altem Essen hatte ich keine Lust. Das kam einem schon aus der offenen Wohnungstür entgegen.«

»Du bleibst dabei, du warst nicht in der Wohnung?«, fragte Otter und legte den Kopf schief wie ein gutmütiger Köter, der darauf wartet, hinter den Ohren gekrault zu werden.

Ich blieb dabei und fühlte mich wie die Jungs aus dem Ghetto. 50 Cent hätte garantiert nicht rumgewinselt an meiner Stelle.

»Du musst hier nicht den harten Gangster spielen«, bellte Otter, als ob er meine Gedanken gelesen hätte. »Ich hab schon ganz andere Typen hier gehabt. Nach einer Weile haben die angefangen zu flennen und nach ihrer Mutti gerufen.«

»Meine Mutter ist tot«, sagte ich und sah ihn eiskalt an.

»Schon gut«, sagte er, und ich merkte, dass ihm seine Bemerkung leidtat. »Sag mir einfach die Wahrheit.«

»Ich habe die Taschen vor ihrer Tür abgestellt und bin wieder runter. So war es. Nicht mehr und nicht weniger.«

Er brachte wieder sein Hundelächeln. »Kennst du die Nachbarin von Frau Neuhaus?«

»Die olle Müller? Das größte Lästermaul der Siedlung?« Ich nickte.

»Sie sagt, du wärst zu Frau Neuhaus in die Wohnung.«

Der Alte keuchte neben mir. Otters Hiebe hatten ihn getroffen, er würde jeden Moment zu Boden zu gehen.

»Die lügt doch. Die erzählt dauernd so einen Müll.«

Otter glotzte mir ein paar Sekunden in die Augen.

»Da finden sie nichts«, sagte ich, worauf er rot wurde und mit zusammengebissenen Zähnen sagte: »Frau Müller ist in ärztlicher Behandlung. Sie hat einen Zusammenbruch erlitten. Aber das interessiert so einen harten Burschen wie dich natürlich nicht.«

»Was kann ich dafür?«

»So einiges«, murmelte er. »Frau Neuhaus telefoniert jeden Tag mit ihrer Tochter. Und da ihre Mutter heute nicht ans Telefon gegangen ist, hat die Tochter bei Frau Müller angerufen und sie gebeten, mal nachzusehen. Frau Müller hat einen Schlüssel zur Wohnung.«

Ich hob die Schultern. Na wennschon?

»Und da hat sie dann Frau Neuhaus gefunden. Halb tot in ihrem Blut.«

Ich wusste genau, was Otter wollte: mich weichkochen. »Es gibt aber noch weitere Hinweise auf deine Anwesenheit in der Wohnung. Zum Beispiel das hier.«

Er fischte eine zerknüllte Serviette aus seiner Schreibtischschublade und warf sie auf den Tisch. Ein Stück Apfelkuchen kullerte raus, und ein paar Krümel fielen mir auf die Hose.

»Und jetzt? Find darauf mal eine Ausrede, du Profi.«

Verdammt, der Kuchen! Ich hatte ihn in die Jacke gesteckt, weil ich ihn unten wegschmeißen wollte. Aber dann hatte ich es leider vergessen.

Die Bullen mussten das Stück in meiner Tasche gefunden haben, die ich draußen aufgehängt hatte.

Ich kratzte an meiner Nase, um Zeit zu schinden. Kannte ich aus dem Kino.

»Na ja, sie hat mir was von ihrem Kuchen aufgeschwatzt«, sagte ich schließlich.

Otter sah mich scharf an. Wen willst du beißen, du zahnloser alter Köter, dachte ich und suchte krampfhaft nach einer guten Ausrede.

»Ich mag aber keinen Apfelkuchen«, sagte ich.

»Deswegen sind wir nicht hier«, giftete Otter.

»Die Ärzte sagen, es wäre ein Wunder, wenn Frau Neuhaus wieder zu sich kommt. Dreifacher Schädelbruch. Und falls sie doch aufwacht, wird sie ein Pflegefall sein.«

Ich drehte die Handflächen nach oben. Was sollte ich sagen? Klar tat sie mir leid, aber davon würde es ihr nicht besser gehen. Sie war eine zähe alte Krähe, sie würde es schon schaffen, da war ich sicher.

»Aber es ist ja nicht nur der Kuchen in deiner Jacke. Da war noch was«, meldete sich Otter wieder.

Mann, ging der mir auf den Sack. Er richtete sich auf und

zwinkerte mir siegessicher zu. »Hier«, sagte er und hielt einen zerknitterten Fünfzigeuroschein in die Höhe. »Was ist das wohl?«

»Das ist Geld. Man benutzt es, um Dinge zu bezahlen«, sagte ich und versuchte, möglichst gelassen zu klingen, während mir glühende Schnecken langsam die Magenwände hochkrochen.

»Woher kommt der denn?«

Ich suchte nach einer Antwort.

»Na? Da fällt dir nichts drauf ein. Bist doch sonst nicht auf den Mund gefallen. Wie kommst du zu dem Geld?«, bohrte Otter weiter.

»Ist mein Taschengeld. Hab ich gespart.«

»Nur komisch, dass dein Schein dieselbe Seriennummer hat wie der von Frau Neuhaus. Findest du es nicht auch ziemlich pfiffig von der alten Frau, dass sie sich die Seriennummer von allen Scheinen, die sie von der Bank holt, aufschreibt? Das raten wir übrigens allen alten Leuten. Sollten sie mal überfallen werden, kann man auf diese Weise den Täter schneller ermitteln.«

Otter schüttelte müde den Kopf. Ich konnte es in seinem Kopf regelrecht rattern hören, wie er dachte: Die Welt ist schlecht und ich nur ein kleiner Bulle, der mit bloßen Händen die Scheiße wegschaufeln muss, die mir die Ärsche täglich vorsetzen.

»Und was den Schmuck von Frau Neuhaus angeht, der ist bekannt. Jeder Hehler in der Stadt wird es ablehnen, den zu kaufen. Viel zu heiß. Übrigens, auf das Glas Apfelsaft in Frau Neuhaus' Küche muss ich wohl nicht gesondert eingehen. Das Glas ist im Labor und wird gerade untersucht. Du weißt ja, was die moderne Technik alles kann. Nur ein bisschen Speichel von dir oder ein Haar, und schon wissen unsere Experten, ob du daraus getrunken hast.«

Mir wurde gleichzeitig heiß und kalt.

Neben mir röchelte es verdächtig. Der Alte! Ich dachte, jetzt bricht er zusammen, aber zu meiner Überraschung sprang er plötzlich auf wie eine gespannte Feder, ballte die Fäuste und schwenkte die Arme so komisch, als wollte er Otter zum Boxkampf rausfordern.

»Wollen Sie meinem Jungen unterstellen, dass er was mit dem Überfall auf Frau Neuhaus zu tun hat?«, krächzte der Alte wie ein heiserer Rabe.

Otter fiel die Kinnlade runter, damit hatte er nicht gerechnet.

»Ihr Sohn war unbestreitbar in der Wohnung von Frau Neuhaus. Und er verstrickt sich in Widersprüche. Außerdem haben wir einen Zeugen. Und er hat einen Geldschein in der Tasche, der zweifellos von Frau Neuhaus stammt. Reicht das vorläufig?« Er redete mit dem Alten wie mit einem Idioten.

»Jawoll! Das reicht! Und wie!« Der Alte schlug mit der Faust auf den Tisch und brüllte wie ein Löwe: »Aus meiner Sippe ist keiner kriminell. Ich lege für jeden Einzelnen die Hand ins Feuer.« Wenn er sich aufregte, hatte er immer eine feuchte Aussprache. Ich sah fasziniert einem Spuckebläschen nach, das direkt vor Otter landete.

Nach seiner Ansprache sank der Alte erschöpft auf seinen Stuhl und fuhr sich mit der Hand durchs Haar.

Holla! Nicht schlecht, der Alte, dachte ich. Ich betrachtete ihn im Profil, seine Unterlippe hing etwas herunter, aber sonst sah er ziemlich energisch aus.

Otter sah ihn mitleidig an. »Niemand aus Ihrer Sippe ist kriminell, Herr Balzer? Habe ich Sie da richtig verstanden?« Er wedelte mit einem Pappordner rum, der schon die ganze Zeit auf seinem Tisch gelegen hatte.

»Wollen wir doch mal sehen, was wir hier haben.« Er räusperte sich: »Alexander Balzer, genannt Alex, 14 Jahre, geboren in Schwedt.

Vater: Jens Balzer, Elektroingenieur, verwitwet. Die aktenkundige Karriere Ihres Sohnes begann vor vier Jahren: Diebstahl. Zwei Monate später: Diebstahl. Fünf Monate später: Diebstahl. Dann war ein Jahr Ruhe. Dann erneut Diebstahl. Und hier kommt dann was Neues: Körperverletzung. Das geht dann so weiter. Nötigung. Diebstahl. Bedrohung. Tätlicher Angriff.« Er schlug die Akte zu.

»Das reicht wohl fürs Erste. Ich kann auch aus Ihrer Akte zitieren, Herr Balzer. Da wären: Fahren unter Alkoholeinfluss, Fahren ohne Fahrerlaubnis und dann auch noch eine schwere Körperverletzung.«

»Der Kerl hat doch angefangen«, schrie der Alte und wedelte aufgeregt mit der Hand. Ein untrügliches Zeichen, dass er dringend ein Bier brauchte. »Mein Sohn würde niemals eine alte, wehrlose Frau überfallen. Dazu hat der gar nicht die Nerven.« Er sprang auf.

»So, jetzt können wir ja wohl nach Hause gehen?« Der Alte riss mich am Arm hoch.

»Das hat doch keinen Sinn, Herr Balzer«, rief Otter und stand ebenfalls auf. »So kommen wir doch nicht weiter. Setzen Sie sich bitte wieder. Alex ist strafmündig. Er wird jetzt dem Staatsanwalt vorgeführt und anschließend dem Richter. Und der wird entscheiden, ob Sie Ihren Sohn mit nach

Hause nehmen können. Aber ehrlich gesagt, ich bezweifle das. Es gibt genug Beweise für seine Täterschaft.«

»Er ist doch noch ein Kind«, grummelte der Alte. »Sie können ihn nicht einfach einsperren. Das sind Stasi-Methoden. Das haben wir in der DDR lange genug erlebt. Repressalien und Gängeleien von oben.«

Mann, der Alte war schwer in Fahrt. Otter winkte gleichgültig ab.

»Ich nehme meinen Sohn mit nach Hause, ob Ihnen das passt oder nicht. Unterhalten können Sie sich mit meinem Rechtsanwalt.«

Der Alte hat einen Rechtsanwalt?, dachte ich und war ziemlich baff.

»Ihr Anwalt wird Ihnen auch nichts anderes sagen, Herr Balzer.«

»Aber er war es nicht.« Der Alte war richtig rührend.

»Herr Balzer, ich habe Ihnen doch bereits erklärt, wie das läuft. Ich kann da gar nichts machen. Das entscheidet der Richter. Vielleicht lässt er Ihren Jungen bis zur Verhandlung auf freiem Fuß. Die Gerichte sind überlastet, solche Jungs wie Ihren Alex gibt es mehr als genug. Wir ziehen uns da gerade eine neue Generation Verbrecher ran. Polizei, Justiz, Elternhaus, Schule. Alle sind überfordert. Wir gehen schwierigen Zeiten entgegen.« Otter stand auf und sah mich aus seinen Triefaugen traurig an.

Damit war das Gespräch beendet. Zwei uniformierte Büttel nahmen mich in ihre Mitte, Otter schlurfte voran, der Alte hinterher. Mir rutschte doch tatsächlich das Herz ein bisschen in die Hose. Damit hatte ich nicht gerechnet. Reiß dich zusammen, dachte ich. Du bist doch kein Opfer. Vor der Tür des Staatsanwalts drehte sich Otter um und verschwand grußlos.

Das Büro vom Staatsanwalt war vollkommen kahl. Nichts Persönliches, nicht mal ein Foto seiner Familie. Der Staatsanwalt selbst wirkte wie ein Roboter. Und dazu hatte er auch noch eine blecherne Stimme. Er kam gleich zur Sache: »Man hat dich gesehen, du warst in der Wohnung, der Kuchen, das Geld, deine Vorstrafen ...«

Die Sätze schwirrten mir im Kopf herum. Zwischendurch sagte ich meinen Spruch auf: »Ich war es nicht.« Aber das prallte an ihm ab.

Der Alte ließ seinen Kopf hängen und war stumm. Ich wünschte, ich könnte ihm das ersparen. Hilfe konnte ich sowieso nicht mehr von ihm erwarten, er hatte bei Otter alles gegeben. Jetzt war er fertig.

Der Staatsanwalt war knallhart. Ich flehte, ich bettelte, ich brachte Worte raus, für die ich mich später schämte, nur um am Ende zu hören: Sicherungsverwahrung! Er hatte mir wohl nicht zugehört. Ich war stumm. Genau wie der Alte, der nur noch schlaff meine Hand drücken konnte, während der Staatsanwalt seine Unterschrift zackig unter das Protokoll kratzte.

Dann ging es weiter – zum Büro des Richters. Da saßen wir erst mal rum und warteten. Der Raum war anders, irgendwie bewohnter. Nach Ewigkeiten ging die Tür auf und ein dicklicher Typ kam rein. In der einen Hand balancierte er einen Kuchenteller und in der anderen einen randvollen Kaffeebecher. Zwischen seinen Zähnen klemmte ein Schnellhefter. »GunDag«, sagte er durch den Hefter und setzte sich, wobei Kaffee auf seine Hose schwappte, was ihn aber nicht störte. »Nun, nun«, sagte er dann freundlich. »Was haben wir denn da?«

»Der Staatsanwalt hat gemeint, dass er ins Gefängnis soll«, sagte der Alte.

Der Richter lächelte in sich rein. »Ja, der junge Kollege ist noch nicht lange bei uns.« Er sah mich an und sagte: »So schnell schießen die Preußen nicht.«

Dann nahm er den Hefter, auf dem sein Gebissabdruck zu sehen war, und blätterte darin herum. Zwischendurch biss er von seinem Kuchen ab, schlürfte Kaffee, schüttelte den Kopf, kaute wieder und sagte hin und wieder »Aha!« oder »Hm!«. Dann starrte er mir in die Augen und fragte: »Hast du der alten Frau was getan?«

Ich hatte das Gefühl, er würde in mich reinkriechen und zwischen all dem Gerümpel nach der Wahrheit suchen. Das machte mich ziemlich nervös. »Nein!«, sagte ich.

»Gut!« Er klappte den Hefter zu, scheuchte dabei ein paar Staubflocken auf und sagte: »Es gibt einiges, was für dich als Täter spricht, und einiges, was dagegen spricht. Bis die Untersuchungen abgeschlossen sind, bleibst du bei deinem Vater und meldest dich jeden Tag auf dem Revier.«

Ich schluckte.

»Aber«, er hob warnend den Zeigefinger, »ich hoffe, du enttäuschst mich nicht.«

Dann waren wir entlassen. Ich wollte ihm noch sagen, was für ein korrekter Typ er war, aber der Alte schob mich schnell aus dem Büro. Wahrscheinlich hatte er Angst, der Richter könnte es sich anders überlegen.

»Erzähl mir die Wahrheit, Alex«, sagte er, als wir draußen

waren. »Ganz egal, was passiert ist, du bist und bleibst mein Sohn. Wenn du in Schwierigkeiten bist, werde ich dir helfen. Aber du musst mir sagen, wie es war. Hast du Frau Neuhaus was getan?«

»Nein!«, rief ich. »Ich habe sie nicht angerührt.«

Ich wollte nicht mehr an den Scheiß denken. Ich wollte nur noch nach Hause, Kopfhörer aufsetzen und Musik hören, bis ich taub wäre.

»Verdammt, Alex, sag mir jetzt, was los war.«

Der Alte hatte mich an den Schultern gepackt und schüttelte mich durch.

»Ich hab ihr die Tasche getragen«, sagte ich. »Und sie hat mir ein Stück Kuchen gegeben.«

»Und dann?« Er ließ mich los.

»Na ja, ich dachte, ich krieg Geld von ihr, aber die alten Leutchen haben da ihre eigene Art. Sie hat mit Kuchen bezahlt, und ich hasse Kuchen. Ich habe Frau Neuhaus gesagt, dass ich den später esse, dass ich noch satt vom Mittag bin. Dann hat sie mir noch einen Apfelsaft hingestellt, dabei wollte ich gar keinen. Ich habe auch nur daran genippt. Das Glas war so eklig.«

»Und das Geld?« Der Alte stupste mich an.

»Na ja, ich saß in der Küche, und Frau Neuhaus ist kurz raus, den Kuchen holen. Den hatte sie im Schlafzimmer stehen.«

»Und weiter?« Der Alte hörte mit aufgerissenen Augen zu, als hätte er Angst, was zu verpassen.

»Ich habe die Schublade am Küchentisch aufgemacht, und da lag der Schein. Ich hab ihn eingesteckt. Weiß auch nicht, warum.« Klar wusste ich, warum. Weil man ohne Geld nicht zählte. Das wenige, das mir der Alte hin und wieder zusteckte, reichte nicht. Klamotten waren teuer. CDs auch, Kino, einen ausgeben für die Kumpels. Das kostete alles, und klauen ging auch nicht immer. Was dachte sich der Alte denn?

Er sah mich aufmerksam an. Zum Glück fing es an zu regnen, und so konnte er nicht sehen, dass mir ein paar Tränen aus den Augen kullerten. Aber anscheinend hatte er es doch gemerkt, denn plötzlich klopfte er mir auf die Schulter.

»Okay! Das wird schon wieder. Die finden den Mörder.«

Ich war mir da nicht so sicher. Otter war so ein Typ, der darauf wartete, dass der Mörder zu ihm reinspaziert kam. Am besten mit Geständnis und in Handschellen. Fertig zum Abtransport.

Der Alte hakte mich unter, und wir zogen los. Und für einen Moment war ich ein bisschen stolz auf ihn. Wie er mich da vor Otter verteidigt hatte, das war schon großes Kino.

# 3

»Hey, Nigga!«, rief Schädel und tanzte um mich herum. Ich grinste und klatschte ihn ab. »Du stehst in der Zeitung.«

»Ach ja?«, fragte ich scheinheilig. Dabei hatte ich es längst gelesen. Ich war eine Berühmtheit in der Platte. Schädel schlug mir auf die Schulter. Ratte und die anderen drängten sich ganz nah an mich, als wollten sie was von meinem neuen Glanz abhaben. Nur Debbie blieb sitzen und machte ein abweisendes Gesicht. Ronny war auch da und beäugte mich finster. Als er mich gesehen hatte, hatte er Schädel wichtigtuerisch ins Ohr geflüstert.

»Die schreiben, du hättest Frau Neuhaus die Birne eingehauen«, giftete Ronny, und ich konnte ihm ansehen, was er dabei dachte.

»Sehe ich so aus?«

»Kannst du morgens noch in den Spiegel gucken? Musst du dabei nicht kotzen? Ich an deiner Stelle würde mich schämen. Früher gab es in Deutschland noch Ehre. Da haben sich die Leute erschossen, wenn sie was ausgefressen hatten. Und heute kommt jeder Kinderschänder in eine Talkshow. Glaub bloß nicht, dass du so einfach davonkommst.«

Nicht drauf eingehen, dachte ich. Ronny wurde ziemlich

unangenehm, wenn man sich mit ihm anlegte. Er schlug zu und fragte erst hinterher, wie etwas gemeint war.

»Die ganze Wohnung war total durchwühlt«, wechselte Marcel das Thema. »1 000 Euro geklaut und dazu der Schmuck. Der war 10 000 wert. So viel Kohle, Mann. Ich wüsste, was ich damit machen würde.«

»Gar nichts wüsstest du, die hätten dich doch schon nach einer Stunde hochgenommen«, rief Ratte dazwischen. »Außerdem war das Zeug nur 3 000 wert. Ham sie im Fernsehen gesagt.«

»Was hat die Alte auch so viel zu Hause! Soll sie es doch auf die Bank bringen. Kein Wunder, wenn ihr jemand eins drüber gibt.«

Schädel und Ronny steckten wieder verschwörerisch die Köpfe zusammen.

»Was machst du mit der Kohle, Alex? Lässt du was springen?«, fragte Ratte.

»Du könntest uns zu was einladen. Eine Tüte Gras wäre mal wieder fällig«, schlug Marcel vor.

»Ein ganzes Heck«, rief Rocco. »Wir ziehen einen richtigen Handel auf in der Platte. Wir haben dann hier das Monopoly, oder wie das heißt.« Alle lachten, außer Debbie und Ronny.

»Und Frau Neuhaus lag echt in einer Blutlache?«, fragte Rocco.

»Ist das eklig«, sagte Kiki und schüttelte angewidert den Kopf.

»Das muss geil ausgesehen haben«, sagte Marcel. »Überall Blut, ein richtiger See.«

»Sie hat Glück gehabt, dass sie nicht darin ersoffen ist«, rief Schädel.

Ich grinste blöd und ließ mir nichts anmerken. Aus den Augenwinkeln beobachtete ich Debbie, die plötzlich aufsprang und schrie: »Ihr seid so eine Bande von Gehirnamputierten. Die Frau stirbt wahrscheinlich, und ihr macht blöde Witze. Und du, Alex? Stolzierst hier rum wie ein Hahn auf dem Misthaufen. Du findest das richtig gut, was?«

»Er war es doch nicht«, rief Ratte. »Wir haben doch nur Spaß gemacht.«

»Woher willst du das wissen?«, fragte Ronny drohend. »Klar war er es. Guck dir seine Fresse an. Der hat was zu verbergen.«

»Wenn wir in Amerika wären, dann würden sie ihn auf dem elektrischen Stuhl rösten.« Schädel brachte die Sache auf den Punkt. Ich war schuldig, da gab es für ihn keinen Zweifel. Es stand ja schließlich alles in der Zeitung, und das Fernsehen hatte darüber berichtet. Dann musste es ja stimmen.

»Was kann dir schon passieren? Du bist 14«, rief Ratte.

»Im Krieg haben sie 14-jährige Deserteure an die Laternen gehängt«, sagte Ronny düster.

»Gut, dass wir bei uns alle Laternen umgehauen haben«, lachte Marcel.

»Vielleicht stecken sie dich in einen Jugendknast. Oder in so ein Sozialheim. Oder du musst zum Strafdienst ins Altersheim«, überlegte Kiki.

»Ich glaube kaum, dass man solche wie den im Altersheim Dienst schieben lässt. Da müssen die Omas ja Sturzhelme tragen, falls Alex ihnen eins überbrät«, rief Marcel.

»Ein guter Witz, aber ich lache später«, sagte ich. Langsam wurde es mir zu blöd.

»Seid ihr eigentlich bescheuert?«, fragte Debbie. Ihre Augen sprühten richtig Funken vor Wut. »Das ist kein Spiel mehr. Er wird mehrere Jahre ins Gefängnis gehen.«

Ja, mach sie fertig, dachte ich. Ich hatte die dämlichen Sprüche der anderen ziemlich über. Aber was sollte ich machen, sie waren ja meine Kumpels.

»Flip mal nicht gleich aus, Debbie!«, sagte Rocco. »Die Alte ist doch nicht tot.«

»Es gibt auch andere Strafen«, sagte Ronny mit düsterer Stimme und fuhr sich mit dem Zeigefinger über die Kehle, wobei er mich böse ansah. Mir lief es kalt den Rücken runter.

»Red doch nicht so einen Schwachsinn, Ronny. Lass Alex in Ruhe«, sagte Debbie.

Mensch, Debbie. Am liebsten hätte ich sie geknutscht, aber das wäre komisch gewesen. Außerdem war Mandy gerade gekommen.

»Für Verbrechen am Volk ist keine Strafe zu hart«, rief Ronny. »Die ganzen Perversen und Kanaken laufen frei rum und schädigen den deutschen Volkskörper. Die Justiz ist viel zu lasch in Deutschland.« Wenn Ronny »Deutschland« sagte, ging immer ein Ruck durch ihn durch. Wahrscheinlich stellte er sich dabei vor, wie er dem Führer salutierte.

»Ja«, piepste Mandy dazwischen. »Ich bin auch dafür.«

»Wofür?«, fragte Debbie scharf.

»Na für schärfere Strafen und so. Meine Mutter hat das auch gesagt. Die Kinderschänder kommen immer gut weg.« Sie sah mich nicht mal an.

»Es geht hier nicht um Kinderschänder, Mandy«, sagte Debbie kalt. Sie konnte Mandy nicht leiden.

Aber ich. Und deshalb machte es mich fertig, was sie sagte. Mit Mandy hatte ich mal rumgeknutscht, als bei ihr gerade mit einem von Ronnys Nazi-Kumpeln Schluss war. Schade, ich hatte gedacht, aus uns könnte was werden. Du wirst sowieso mal als fette Schlampe enden, dachte ich und warf ihr einen bösen Blick zu.

Jetzt traute sich auch noch Kiki aus der Deckung. »Stimmt doch. Die Perversen sollte man bei Wasser und Brot verrecken lassen. Die müssen ins KZ.«

Debbie verdrehte die Augen. Kiki hatte immer rosa Klamotten an, stand auf Stofftiere und kuschelte sich nachts in Barbie-Bettwäsche. Und jetzt so was.

»Ihr seid so schwachsinnig!«, rief Debbie.

»Ich find die Todesstrafe nicht schlecht«, warf Schädel ein.

»Viel zu schnell«, sagte Ronny. »Erst mal die Haut abziehen.«

Ich konnte es nicht glauben, sie diskutierten tatsächlich darüber, was die richtige Strafe für mich wäre, bis Rocco sagte: »Du warst es doch aber nicht wirklich, oder? Das wäre zu übel, Alter.«

Alle sahen mich an und warteten auf eine Antwort. Ich starrte sie fassungslos an. »Was wisst ihr denn schon? Kümmert euch doch um euren eigenen Scheiß.« Wütend ließ ich sie stehen. Was sollte ich mich mit diesen Idioten rumärgern? Ich kickte eine alte Eistee-Packung über die Wiese, sie war halb voll, und die klebrige, angefaulte Pampe spritzte mir über die Sneakers. Warum passierte mir immer so eine Scheiße?

Ich ging zu meinem Versteck in einem ausrangierten Plattenbau. In dem Haus hatte mein Freund Matze gewohnt, bis sie anfingen, das Ding zu demontieren. Da ist Matze mit seiner Familie in den Westen gegangen. Erst haben wir uns noch geschrieben, aber dann war's vorbei. Die letzte Karte kam zu meinem 14. Geburtstag. Wahrscheinlich hatte seine Mutter ihm gesagt, er könnte mir doch mal wieder schreiben. »Alles Gute zum Geburtstag. Mir geht es gut. Die neue Schule ist okay. Wie geht's Dir?« Eine richtige Pflichtkarte. Zum Kotzen.

Irgendwann war die Karte weg. Wir hatten uns Filter für die Joints draus gedreht.

Anfangs wollte ich Matze auch mal besuchen. Aber wie es eben so war, immer kam was dazwischen.

Ich kämpfte mich über Schuttberge. Matzes Haus war eine richtige Ruine. Rechts und links waren die Häuser bereits abgerissen. Jetzt stand es ganz allein da, wie der letzte Zahn in einer zerschlagenen Fresse. Früher war rund um die Blöcke Rasen gewesen. Eine richtig schöne Wiese. Man hätte Kühe darauf weiden lassen können. Es gab Büsche, ein paar Bäumchen, Bänke zum Ausruhen, Wäschetrockenplätze. Richtig nett.

Jetzt war alles weg. Die Bagger und Lastwagen hatten mit ihren fetten Reifen alles zerstört. Außerdem lag überall Plunder rum: alte Sofas, ganze Schrankgarnituren, zerbrochenes Geschirr, kaputte Stühle, Matratzen, der ganze Müll, den die Mieter zurückgelassen hatten.

Was noch heile war, hatten wir zerschlagen oder verfeuert.

Immer mehr Leute waren ausgezogen, immer mehr Häuser standen leer.

Als die Ersten aus unserer Siedlung weggingen, war noch

der Bürgermeister mit anderen Wichtigtuern gekommen. Mit großen Schritten rannten sie durch unsere Siedlung und sagten: »Leute, ihr müsst nicht ausziehen. Wir malen die Häuser bunt an. Das sieht nett aus, und ihr werdet schon sehen, wie schnell die Leute hier wieder einziehen.« Dafür war dann aber kein Geld da. Dann sagten sie: »Wir begrünen die Dächer. Ziehen da oben so eine Art Park auf.«

Aber am Ende war da auch nix draus geworden. Kein Geld! Da fingen sie eben an, abzureißen. Nach und nach hatten auch die Läden zugemacht. Nur die Trinkhalle hatte überlebt. Um den Tresen hingen immer die Alkis wie eine faule Frucht am Baum, die man vergessen hatte abzupflücken. Manchmal schickte mich der Alte zum Bierholen hin. Der ganze Laden roch nach Alk, altem Zigarettenrauch und Pisse, weil die immer hinter den Laden pinkelten. Ich ekelte mich vor den grauen Gesichtern. Alles Leute, die ich kannte. Väter von Kumpels eben.

Und dann das besoffene Gelaber. »Na, Alex, wie geht es deinem Vater? Er soll mal wieder vorbeikommen.«

»Der hat zu tun«, sagte ich. Dann lachten sie dämlich und fragten: »Was hat der schon zu tun?«

»Der schreibt Bewerbungen«, sagte ich dann immer. Dann lachten sie noch blöder. »Bewerbungen? Für 'n Arsch, oder was?«

Am liebsten hätte ich gesagt: Der ist wenigstens noch nicht so am Boden, dass er sich in aller Öffentlichkeit besäuft. Da achtete der Alte nämlich drauf.

Matzes Wohnung lag im dritten Stock. Jedes Mal, wenn ich hochging, stellte ich mir vor, es wäre wie früher und ich würde ihn besuchen. Aber wenn ich erst mal in der Wohnung war, war's vorbei. Da war nichts außer Schutt und Wände voller Löcher, durch die der Wind reinpfiff. Aber wenigstens hatte das dem Schimmel den Rest gegeben. In allen Wohnungen gammelten die Wände und Decken. Bei uns auch. Ich hatte schon mal überlegt, in unserem Palast ein Loch in die Wand zu hauen, damit die Sporen sich endlich verpissten. Aber der Alte hätte mich schön zurechtgestutzt, wenn ich da plötzlich mit einem Hammer aufgetaucht wäre, um ein Loch neben sein Sofa zu kloppen.

Bei Matze hatte ich oft zu Abend gegessen. Die Mutter hatte echt Klasse. Sie behandelte mich immer wie einen aus ihrer Familie. In der leeren Küche hatte ich manchmal den Eindruck, ich könnte das Essen noch riechen. Anfangs trieben sich Ratten in der Ruine rum, aber die hatten sich rasch verzogen, als sie merkten, dass es nichts zu holen gab. In Matzes Zimmer hatte ich mal einen Junkie überrascht, der gerade seine Spritze aufzog. Als er mich sah, war er fluchend hochgetaumelt. Ich bin schnell abgehauen.

Manchmal grub ich in dem Schutt und dachte, ich könnte noch was finden. Irgendetwas, das der Familie gehörte, ein Zeichen, das sie für mich zurückgelassen hatten. Ich stellte mir vor, ich wäre ein Archäologe aus der Zukunft, der einer untergegangenen Kultur auf der Spur war. Einmal hatte ich eine Gabel gefunden, mit nur noch einem Zinken. Ein andermal fand ich einen durchlöcherten Strumpf. Ich stellte mir dann immer vor, wie Besucher in tausend Jahren in einem Museum stehen und sich fragen würden, was die Menschen damals mit diesem Kram angefangen haben.

Diesmal hatte ich aber keine Lust, rumzugraben, also

setzte ich mich auf einen alten Bürostuhl, kippelte gegen die Wand und rauchte eine. Was wäre, wenn ich nur zwei Minuten früher von Oma weggegangen wäre? Dann wäre ich Frau Neuhaus nicht über den Weg gelaufen. Was wäre, wenn ich einen anderen Weg genommen hätte? Dann hätte ich sie nicht getroffen. Was wäre, wenn ich wenigstens das Geld nicht eingesteckt hätte? Ach, Scheiße! Das brachte doch nichts!

Ich wünschte, Matzes Mutter wäre da. Die Hand in die Hüfte gestemmt und so ein wissendes Lächeln um die Lippen. Sie war ein starkes Mädchen, die konnte so leicht nichts umhauen. Die würde wissen, was zu tun wäre.

Ich beschloss, zu Oma zu gehen. Vielleicht wusste die was, und wenn nicht, machte sie mir wenigstens einen Kakao.

Ich klingelte zweimal, dreimal, länger, kürzer. Sie musste da sein, ich hatte sie doch hinter der Tür rumschlurfen hören.

»Oma, ich bin's, mach auf«, rief ich und hämmerte gegen die Tür. Frau Kaldewey von nebenan steckte ihre große Nase raus. »Lass deine Oma in Frieden, die hat deinetwegen genug durchgemacht.« Ihre wässrigen blauen Augen beglubschten mich angeekelt, als wäre ich ein widerliches Insekt, oder so was. Mir fiel keine Antwort ein.

»Hau ab!«, keifte Frau Kaldewey. »Die halbe Nacht hat sie bei mir gesessen und sich die Augen ausgeweint über ihren missratenen Enkelsohn. So was wie du gehört ins Kittchen«, schrie sie zum Abschied und schlug die Tür zu. Ich stand noch eine Weile da und betrachtete sinnlos die zerkratzte Eingangstür von Omas Wohnung.

Das erinnerte mich an diesen Comic, den ich mal gelesen

hatte. Ein Junge wacht eines Morgens auf und wird von den anderen nicht mehr erkannt. Als hätte es ihn nie gegeben.

Am Ende bringt er sich um.

Ich stand da wie gelähmt. Komisch, wie fremd sich alles anfühlte, wenn man nicht mehr dazugehörte. Hoffentlich hatte der Alte nicht das Schloss ausgetauscht oder war heimlich weggezogen, während ich unterwegs gewesen war. Nach der Reaktion von Oma hätte mich das nicht mehr gewundert.

# 4

Am Morgen war ich vor der Schule bei den Bullen gewesen und hatte brav Meldung gemacht. Das hatte die gar nicht so richtig interessiert. Die waren froh, als ich wieder draußen war und ihnen nicht mehr die Zeit stahl.

In der Schule guckten mich zwar viele komisch an, aber keiner traute sich, einen dummen Spruch zu machen. Nur die dämlichen Nazis guckten gefährlich. Dabei kannte ich die meisten aus dem Sandkasten.

Na ja, wird schon wieder, dachte ich und beschäftigte mich nicht weiter damit. Ich hatte andere Sorgen. Ich wollte nämlich Frau Neuhaus nach der Schule besuchen.

Das Krankenhaus war ein komischer neumodischer Bau und sah aus wie ein gestrandetes Raumschiff. Hinter einem dieser Fenster lag Frau Neuhaus im künstlichen Koma. Ich fragte den Pförtner, wo sie zu finden wäre. Aber sein Genuschel verstand ich überhaupt nicht, und so sagte ich: »Und jetzt noch mal zum Mitschreiben.«

»Intensivstation!«, schrie er und fuchtelte mit den Armen. Alle, die gerade vorbeigingen oder zum Rauchen draußen standen, drehten sich zu uns um. Ich hatte plötzlich das Gefühl, dass die alle über mich Bescheid wussten.

Von meinem letzten Geld kaufte ich schnell noch einen Blumenstrauß und klingelte dann an der Station. Eine Krankenschwester öffnete die Tür einen Spalt. Ich konnte nur ihr halbes Gesicht sehen. Ob ich zur Familie gehöre, fragte sie mit ihrem halben Mund.

»Ja, ich bin der Enkel.«

Sie nickte freundlich und hielt mir die Tür auf. Aber gerade als ich reinspazieren wollte, fragte sie, ob ich schon mit meiner Mutter gesprochen hätte. Ich grinste sie dämlich an und wollte gerade sagen, dass meine Mutter tot sei, da tauchte hinter ihrer Schulter die Tochter von Frau Neuhaus auf. Sie hatte ein verheultes Gesicht und erkannte mich nicht. Weiter hinten stand ihr Mann und redete auf eine Ärztin ein.

»Wie geht es denn Ihrer Mutter?«, fragte ich Frau Hagendorf. Sie sah durch mich hindurch wie durch ein Fenster.

Die Schwester war etwas verwirrt. Das kam ihr sicherlich komisch vor, dass da einer seine Mutter siezte. »Deine Mutter hat einen Schock erlitten«, sagte sie leise. »Der Tod deiner Oma nimmt sie sehr mit.«

Jetzt war ich verwirrt. Meine Oma ist tot?, wollte ich gerade fragen, hielt aber glücklicherweise die Klappe.

»Ihre Kopfverletzungen waren zu schlimm. Sie hat es leider nicht geschafft.«

»Frau Hagendorf, Ihr Sohn ist da«, sagte die Schwester und legte ihr die Hand auf den Unterarm. Frau Hagendorf reagierte nicht. Sie stand da wie eine Mumie. »Ihr Sohn ist da«, sagte die Schwester noch mal und schob sie sanft in meine Richtung.

Frau Hagendorfs Augen glotzten stumpf. Vielleicht hatten sie sie mit Valium vollgestopft.

»Frau Hagendorf, Ihr Sohn«, sagte die Schwester zum dritten Mal. Ich spähte zur offenen Tür. Ich musste so schnell wie möglich abhauen. Und während ich noch überlegte, kam Frau Hagendorf zu sich. Sie schüttelte sich wie ein Köter nach einem Regenguss und sah mich mit offenem Mund an.

»Dich kenne ich doch«, sagte sie. Ich hielt ihr schnell den Blumenstrauß vors Gesicht, bevor ihr einfiel, woher sie mich kannte. Frau Hagendorf griff mit beiden Händen zu und beäugte das Ding ganz verwundert, als hätte sie noch nie Blumen gesehen.

»Mein Beileid«, flüsterte ich schnell und wollte abhauen, aber da war es schon zu spät. Sie schlug mit den Blumen auf mich ein und schrie wie besessen: »Mörder, Mörder!« Dabei riss sie mir an den Haaren, als wollte sie mich skalpieren.

Ich schubste sie weg, gerade rechtzeitig, denn in diesem Moment kam ihr Mann wie ein wütender Bulle auf mich zugesprintet. Ich war schon einmal mit ihm aneinandergeraten. Er war so ein magerer, aggressiver Typ. Einer von diesen Menschen, die sich von allen verfolgt fühlen. Und wehe, du kommst ihnen in die Quere. Das nehmen sie persönlich. Er sah aus, als wollte er mich in Stücke reißen.

Ich nahm die Beine in die Hand und machte, dass ich wegkam. Auch Frau Hagendorf rannte hinter mir her, musste aber bald aufgeben. Ihr Mann hielt bis zum Parkplatz durch. Ich schlängelte mich zwischen den Autos durch, da kam er nicht mehr mit. Hustend und schimpfend blieb er stehen.

Arme Frau Neuhaus. Sie war eigentlich immer ganz nett gewesen. Das war schon traurig. Jetzt konnte sie nicht mehr sagen, wer sie überfallen hatte. In meinem Zustand bildete ich mir ein, sie hätte mit letzter Kraft den Namen des Mörders gehaucht oder ihn mit Tabletten aufs Bettlaken geschrieben. Ich war am Arsch. Unter Garantie stand Otter schon mit seiner Hundertschaft und klimpernden Handschellen vor unserer Tür.

Ich überlegte, in meinem Versteck unterzutauchen. Niemand wusste davon, nicht mal meine engsten Kumpel. Ich könnte tagsüber schlafen und abends rauskommen, um was zu essen zu suchen. Ich könnte in Supermärkte einbrechen. Vergiss es, dachte ich im selben Moment. Die haben so ausgeklügelte Alarmsysteme, und ich Idiot weiß gar nicht, wie man so was knackt. Ich könnte Mülltonnen plündern, aber schon der Gedanke ließ mich fast kotzen.

Nora und der Alte könnten mir nachts einen Korb mit Fressalien bringen. Aber bestimmt würden sie die überwachen. Dann fiel mir ein, dass ich dort keinen Strom hätte. Was sollte ich die ganze Zeit anstellen, so ganz ohne Fernseher oder Computer? Und ich bräuchte ein Klo. Und ein paar Möbel. Ich grübelte darüber nach, was mir passieren könnte, wenn ich mich stellen würde. Im schlimmsten Fall steckten sie mich in den Knast. Sie würden dem Alten die Erziehungsgenehmigung – oder wie das hieß – wegnehmen. Oder sie schoben mich in eine Besserungsanstalt ab. Obwohl ich bezweifelte, dass sie einen bei Mord so einfach davonkommen ließen.

Ich steuerte unsere Wohnung an. Schon von weitem sah ich, was vor unserem Haus los war. Jede Menge Gaffer und Reporter standen da oder liefen aufgeregt hin und her. Das reinste Volksfest. Die Bullen bewachten den Eingang und ließen niemanden rein, der da nicht hingehörte.

Ich quetschte mich hinter einen stinkenden Müllcontainer und überlegte, wie ich unbemerkt nach oben kommen könnte.

Frau Talke von gegenüber zeigte gerade einem Kameramann, wo unser Fenster war. Die Vorhänge waren zugezogen.

Meine Gang war auch da. Schädel reckte den Kopf vor und wippte auf den Zehenspitzen. Marcel und Ratte steckten sich gerade Kippen an. Kiki schlenkerte die Einkaufstüte mit dem Kräuterschnaps für ihre Mutter, den sie literweise soff. Angeblich hatte sie es mit dem Magen. Debbie sah ich nicht. Dafür aber Ronny, der neben einem Bullen stand, als würde er dazugehören.

Ich schlich zum Hintereingang. Von da aus kam man in den Keller. Zwar war das Türschloss kaputt, seitdem Frau Palaschke mal der Schlüssel abgebrochen war, aber man konnte durch ein kaputtes Fenster klettern und landete dann im Keller von Aschmanns. Der war nie abgeschlossen, seitdem er mal aufgebrochen worden war.

Zum Glück war keiner so clever, da hinten auf mich zu warten. Als ich durch das schmale Kellerfenster stieg, blieb ich mit der Hose an einem Nagel hängen und ratschte mir die Haut auf. Etwas Blut tropfte auf den Boden. Scheiße!, dachte ich. Wenn die Bullen jetzt mit der Spurensicherung kommen, mein Blut entdecken und rauskriegen, dass ich durch den Keller eingestiegen bin, würden sie mir wahrscheinlich noch einen Einbruch anhängen. Mann, so paranoid war ich schon.

Ich stieß gegen ein verrostetes Fahrrad, das krachend umfiel. Für ein paar Sekunden blieb ich stocksteif stehen und lauschte. Aber keiner kam runter. Ich schlich durchs dunkle Treppenhaus und wartete auf den Fahrstuhl. Es roch nach Pisse. Manchmal schafften es die kleinen Kinder, die vorm Haus spielten, nicht nach oben aufs Klo. Da gingen sie eben in den Keller und machten da in die Ecke.

Oben angekommen, sah ich durch das Fenster der Fahrstuhltür schon den Alten stehen. Er hatte rote Augen wie ein Kaninchen und stank nach Bier wie eine ganze Brauerei. Als er mich sah, zog er mich wortlos in die Wohnung. »Die sind wie irre da unten«, flüsterte er. »Die belagern uns schon seit zwei Stunden. Die Polizei war dreimal da und hat nach dir gefragt.« Dann rannte er zum Fenster, hob den Vorhang etwas und spähte panisch raus. Wie ein Knacki auf der Flucht, dachte ich. Er sah aus, als würde er gleich eine Knarre ziehen und aus dem Fenster ballern.

»Frau Neuhaus ist gestorben.«

Ich nickte. »Ich weiß schon. Ich war im Krankenhaus.«

Er glotzte mich ungläubig an. »Du warst im Krankenhaus? Warum denn das um alles in der Welt?«

»Ich wollte sie besuchen.«

In der Wohnung herrschte Dämmerlicht. Nur ein paar Kerzen brannten.

»Was machen wir denn jetzt?«

Der Alte schüttelte ratlos den Kopf. Er setzte sich aufs Sofa und nahm einen Schluck Bier. Also verschwand ich in mein Zimmer und guckte vorsichtig aus dem Fenster.

Vielleicht sollte ich den Leuten eine gute Show bieten, dachte ich. Ich könnte vor ihren Augen aus dem Fenster springen und auf dem verschissenen Gehweg zu einem Brei aus Knochenmehl und Blut zusammenschmelzen.

Der Alte kam ins Zimmer. »Ich habe Otter angerufen. Er kommt.«

»Du Verräter«, schrie ich und merkte, wie mir die Augen feucht wurden. »Ich gehe nicht in den Knast!«

Der Alte hob die Hände. »Davon ist doch gar keine Rede. Du kannst dich nicht ewig in der Wohnung verstecken.«

Er setzte sich zu mir aufs Bett, legte mir die Hand auf den Arm und sah mich an. Da kam es über mich. Ich heulte los wie ein Wasserfall. »Ich hab Frau Neuhaus nix getan.«

»Ich weiß, mein Junge.«

Eine Weile saßen wir stumm da, bis es klingelte.

Der Alte ging aufmachen. Stimmen dröhnten durch den Flur. Und dann standen sie auch schon in meinem Zimmer. Otter und zwei Uniformierte.

»Guten Abend, Alex«, sagte Otter. Seine Pupillen flitzten nervös hin und her, er beäugte mich wie der Metzger das Kalb. Innerlich wetzte er schon das Messer.

»Du ahnst wohl schon, warum ich komme?«

Wie er da so vor mir stand, von der Deckenlampe beleuchtet, die ihm einen Heiligenschein verpasste, musste ich an eines dieser Jesusbilder denken, die oft in Kirchen rumhängen. Otter hatte auch den passenden Gesichtsausdruck dazu: Leidend, aber auch irgendwie glücklich.

»Und diesmal wirst du wohl länger bei uns bleiben müssen. Am besten, dein Vater packt schon mal deine Tasche.«

»Ich will aber ein Einzelzimmer und Frühstück nicht vor zehn«, sagte ich.

Otter und die beiden Deppen verzogen keine Miene.

Dann verschwand Otter kurz mit dem Alten, während die Cops auf mich aufpassten.

»Dir sollte man mal richtig in den Arsch treten«, ranzte mich der eine gleich an. »Früher hat's so was nicht gegeben.«

»Früher gabs nicht mal Verbrechen«, sagte ich, worauf mir der Bulle mit der Faust drohte.

»Schade, dass solche wie du auch noch vom Gesetz geschützt werden«, sülzte er weiter. »Da ist doch was faul.«

»Wenn solche wie Sie Polizist werden dürfen, ist wirklich was faul.«

Zum Glück kamen Otter und der Alte in diesem Moment rein, sonst hätten sie mir garantiert den Arsch vollgehauen.

»Los geht's«, sagte Otter.

Im Flur flüsterte mir der Alte noch verschwörerisch zu, dass er mir sofort einen Anwalt besorgen werde. Bei der Kohle, die der Alte hatte, würde der Anwalt garantiert irgendein Loser sein, der mich noch tiefer in die Scheiße reiten würde.

Als wir die Tür aufmachten, standen lauter Nachbarn davor, die Otter mit Fragen bombardierten:

»Hat das Bürschchen gestanden?«

»Welche Strafe erwartet den Jungen?«

»Man fühlt sich ja im eigenen Haus nicht mehr sicher.«

»Gut, dass der Kerl abgeholt wird.«

»Der war schon immer kriminell.«

»Und jetzt erst mal auf Staatskosten in die Karibik. So werden bei uns die Mörder behandelt, was?«

Otter verlor die Nerven. »Weg! Verschwinden Sie!« Er brüllte einen der Uniformierten an: »Schaffen Sie uns diese Leute vom Hals.«

Ich grinste dämlich, das Ganze war wie ein schlechter Witz.

Otter schwitzte. »Hör mit deinem dämlichen Grinsen auf,

sonst wasche ich es dir aus dem Gesicht.« Die Geschichte überforderte ihn komplett.

Die Bullen nahmen mich in ihre Mitte. Vor mir ging Otter und hinter mir der Alte.

Als die Tür aufging, gab es ein Riesengeschrei. Alle liefen auf uns zu. Es blitzte aus allen Richtungen. Frau Birnbaum aus der Wohnung unter uns versperrte den Weg und knipste mit ihrer Kamera, was das Zeug hielt. »Weg da«, schrie einer der Bullen und schob sie weg.

Der alte Herr Meyerbeer humpelte ein Stück mit uns mit und hielt seine Videokamera drauf.

Als wir in der Bullenwanne saßen, drängelten sich die Reporter drum herum wie hungrige Zombies. Ich verlor langsam die Lust am Berühmtsein.

Schädel stand ein Stück abseits und guckte mich böse an. Ich winkte, aber er reagierte nicht.

»Jetzt fahr endlich los«, herrschte Otter den Bullen am Steuer an, der Schiss hatte, jemanden zu Brei zu fahren.

Als die Karre sich endlich in Bewegung setzte, rannte die Reportermeute noch ein Stück nebenher und filmte weiter, bis der Bus zu schnell wurde.

Dann sah ich Debbie, direkt von einer Laterne angeleuchtet. Sie kaute auf ihrer Unterlippe rum. Das machte sie immer, wenn sie nervös war. Ich lächelte sie an, aber sie sah mich nicht.

Auf dem Revier angekommen, versuchte Otter, den Richter zu erreichen. Aber der war auf einem Campingausflug, hieß es, und so musste einer der Bullen losfahren und ihn holen.

Dann begann dasselbe Spiel wie beim vorigen Mal. Otter

fragte, ich antwortete. Aber da er dieselben Antworten bekam, gab er irgendwann auf und ging raus, um sich einen Kaffee zu holen. Mir brachte er eine Cola mit.

Dann ging's weiter. Otter fragte, ich leierte meinen Text runter und versuchte, ruhig zu bleiben. Dabei hatte ich ziemlichen Schiss. Meine Knie zitterten unkontrolliert, und ich konnte nichts dagegen machen. Der Alte war von Otter rausgeschickt worden. Bevor er ging, hatte er mir noch zugeflüstert, der Anwalt würde mich rausholen. Aber der tauchte nie auf.

Um Mitternacht gab Otter erst mal auf und holte den Alten wieder rein. Der hockte müde auf seinem Stuhl und nickte gleich weg. Otter legte die Füße auf den Tisch und erzählte von seinen beiden Töchtern. Das machte ihn fast menschlich. Die Stimmung bekam was von Schullandheim kurz vor dem Lichtausmachen.

Ich hatte inzwischen sechs Colas intus und war ganz hibbelig.

Gegen drei hatte Otter die Schnauze voll. Er wollte nach Hause, und ich sollte in die Zelle. Der Alte protestierte. »Das können Sie doch nicht machen. Alex ist doch noch ein Kind.«

»Ein Kind unter Mordverdacht. Was soll ich machen? Der Richter wird Ihren Sohn sowieso einsperren. Da gibt es keinen Spielraum.«

Der Alte hatte Tränen in den Augen, als er sich von mir verabschiedete. Das war mir peinlich vor Otter, der uns aufmerksam beobachtete. Vielleicht hatte er ja Angst, der Alte könnte mir noch eine Feile zustecken.

»Ich warte auf den Richter«, rief mir der Alte noch hinterher. »Ich hole dich raus.«

Sicher, dachte ich. Schießt mir den Weg frei, oder wie?

Ich kam mir vor, als würde ich zur Hinrichtung geführt. Der Beamte war aber ein ganz freundlicher Typ und sagte auf dem Weg nach unten zu den Zellen: »Sei froh, dass du so einen Vater hast. Ich hatte schon eine Menge Jungs hier, da waren die Eltern glücklich, dass sie ihre Kinder los waren.«

Unten bei den Zellen war alles gekachelt wie in einer Badeanstalt. Von einem langen Flur gingen rechts und links die Zellen ab. So nah war ich dieser Scheiße noch nie gekommen. Sicher, ich hatte schon ein paar Bullenreviere kennengelernt, aber ich hatte noch nie eine Zelle von innen gesehen. Ein paar von meinen Kumpels hatten schon mal ein paar Wochenenden im Knast abgerissen. Die waren richtig begeistert davon. Ständig Party und nette Leute. Ich war fast neidisch.

Aber selbst davorzustehen und zu wissen, gleich fällt die dicke, schwere Stahltür hinter dir ins Schloss, ist ein ziemlich mieses Gefühl. In Wahrheit war mir ziemlich schlecht.

Vor dem Einschluss musste ich meine Schnürsenkel und meinen Gürtel abgeben. Die Bullen hatten Schiss, dass ich mich aufhängen würde.

Dann ging die Tür hinter mir zu. Der Bulle hatte mir noch eine kratzige Decke gegeben und mir eine gute Nacht gewünscht.

Ich saß stocksteif auf der gefliesten Pritsche und fühlte mich wie in einem Albtraum. Was für ein ekelhafter Raum. Voll gefliest, wie eine öffentliche Toilette. In der Ecke ein Stahlklo. Generationen von Arschlöchern hatten hier unten ihren Rausch ausgeschlafen, oder was auch immer. Ich kam mir irgendwie abgeschoben vor. Als würde ich nicht mehr am normalen Leben teilnehmen. Wie Müll.

Da fiel mir auf, dass der Bulle die Klappe in der Tür aufgelassen hatte. Ich steckte meinen Kopf durch und starrte in den Flur, der von einer kahlen Birne beleuchtet wurde. Irgendwie beruhigte mich das ein bisschen, und ich blieb eine Weile so stehen – den Arsch im Knast, den Kopf in Freiheit.

Als ich Schritte hörte, setzte ich mich schnell aufs Bett und tat, als studierte ich meine Fingernägel.

Der freundliche Bulle guckte durch die Klappe und sagte: »Der Herr Richter ist da. Und will dich sehen. Dein Vater ist auch noch oben.«

Mann, ich hätte den Schließer umarmen können, wenn das nicht so schwul gewesen wäre.

Der Alte saß tatsächlich vor Otters Zimmer und war nüchtern. Ich hatte damit gerechnet, dass er nach Hause fahren und sich volllaufen lassen würde. Tat gut, ihn zu sehen.

Der Richter saß auf der Kante von Otters Schreibtisch und trug doch tatsächlich einen Jogginganzug. Sie mussten ihn direkt aus dem Zelt gezogen haben.

»Die Sachlage hat sich natürlich ziemlich geändert«, sagte er und blätterte in meiner Akte. »Hast du noch was zu sagen?«

Ich schluckte. Was sollte ich sagen? Er würde mich sowieso wieder in die Zelle schicken.

»Es tut mir leid, was Frau Neuhaus passiert ist«, sagte ich dann aber doch. »Ich war es wirklich nicht. Stimmt, ich habe das Geld geklaut, aber ich habe der alten Frau nichts getan.«

Der Richter nickte. Otter pulte gelangweilt an seinen Fingernägeln rum, der Alte drückte meine Schulter.

Mit einem Knall klappte der Richter meine Akte zu. »Ich

werde auch diesmal keinen Haftbefehl erlassen«, sagte er und kratzte sich am Bauch. »Deine Sozialprognose ist günstig und dein Vater wird aufpassen, dass du in der nächsten Zeit nicht in Schwierigkeiten gerätst. Wir werden die Sache vor Gericht klären.«

Ich starrte den Richter ungläubig an. Er ließ mich gehen? Das hätte ich an seiner Stelle nicht getan. Er wusste doch nicht, dass ich unschuldig war. Waren die so fertig mit der Welt? Hatten die kapituliert? Beinahe hätte ich gesagt: Sie müssen mich einsperren. Was, wenn ich schuldig bin? Sie können doch nicht jeden Psycho frei rumlaufen lassen.

Otter saß mit offenem Mund stocksteif da. Er sah aus wie ausgestopft.

»Du kannst mit deinem Vater nach Hause gehen. Aber warte ein paar Tage, bevor du wieder in die Schule gehst. Ich würde euch sogar dazu raten, eine Weile aus der Siedlung wegzuziehen.«

Wegziehen? Meine Kumpels zurücklassen?, dachte ich. Wir sind eine Familie. Wir gehören zusammen.

»Wir wohnen seit über zwanzig Jahren da«, sagte der Alte grimmig. »Wir gehören zu den ersten Mietern. Wissen Sie, wie schwierig es damals war, eine Wohnung zu kriegen? Die hat man sich nicht einfach gesucht, die wurde einem zugeteilt.«

Oh Mann, jetzt kam wieder dieses DDR-Ding, dachte ich. Der Richter hatte doch gesagt, mein Vater sollte auf mich aufpassen. Aber der Alte redete sich noch um Kopf und Kragen mit seinem Scheiß. Wahrscheinlich kam der Richter noch auf die Idee, ich wäre im Knast besser aufgehoben als beim Alten.

Der Richter winkte ab. »Sie sollen doch nur für eine Weile ausziehen. So lange, bis die Presse genug von der Sache hat und der Rummel etwas abflaut.«

»Ich hab eine Schwester in Angermünde«, fiel dem Alten ein.

»Gut. Alex kann sich auch da auf der Wache melden. Bleiben Sie so lange wie möglich. Und treffen Sie mit Alex' Schule eine Regelung, dass er den Stoff währenddessen zu Hause nachholen kann.«

Ich schluckte. Das war echt hart. Was dachte der sich? Ich holte den Stoff ja nicht mal nach, wenn ich *in* der Schule war.

»Wir bleiben in Verbindung.« Der Richter schüttelte dem Alten die Hand. Mir zwinkerte er beim Rausgehen zu, und weg war er. Was für ein cooler Typ! Ich sollte Richter werden, dachte ich für einen Augenblick.

Otter war stinksauer. »Mann, Mann, Mann«, knurrte er und hämmerte, ohne auf unseren Abschiedsgruß zu reagieren, auf seine Tastatur ein.

Ich machte, dass ich wegkam.

# 5

Wir wollten mit dem Zug nach Angermünde fahren. Auf dem Weg zum Bahnhof landeten wir in einer Demo. Sie marschierten in die gleiche Richtung wie wir, und so latschten wir einfach mit. Erst nach ein paar Metern fiel mir auf, wogegen die eigentlich demonstrierten: gegen mich! Na ja, nicht direkt gegen mich. Sie hatten keine Plakate, auf denen mein Name stand, oder so. Aber sie protestierten gegen Gewalt und Jugendkriminalität. Ein paar trugen ein Bild von Frau Neuhaus vor sich her. Wenn das die alte Dame wüsste, dachte ich. Jetzt wird sie sogar noch berühmt.

Überwiegend alte Leutchen und ein paar Ronny-Typen demonstrierten. Nur Ronny selber sah ich nicht. Zum Glück erkannte mich keiner. Die hätten mich wahrscheinlich gelyncht. Der Alte zog mich rechtzeitig in eine Seitenstraße. Und auf Schleichwegen ging es zum Bahnhof, wo mich der Alte in der Kneipe absetzte. Er musste noch Nora anrufen, weil er in der Aufregung die Hälfte vergessen hatte. Nora sollte uns ein paar Sachen nach Angermünde bringen. Ich saß vor einer lauwarmen Cola und einem Paar vertrockneter Wiener und wartete.

Zeit, ein paar Nachrichten an die Kumpels durchzugeben,

dachte ich. Die fragten sich bestimmt schon, wo ich abgeblieben war. Ich überlegte kurz, ob ich Debbie und Mandy schreiben sollte, ließ es dann aber sein.

Ich simste an Schädel, Marcel und Ratte, dass ich ein paar Tage untertauchen würde. Wo, verriet ich nicht, das machte die Sache spannender. Sie sollten sich ruhig die Köpfe zerbrechen. Außerdem waren sie beim letzten Mal ätzend zu mir gewesen. Und überhaupt, wie kam das denn rüber, dass ich mich bei meiner spießigen Tante verkroch? Tante Angelika mit ihren Kindern und ihrem dämlichen Mann, Onkel Manfred. Ein Mal im Jahr kamen sie angeschissen und taten freundlich. Die Kinder rausgeputzt wie Schaufensterpuppen. Onkel Manfred hatte es mit dem Herzen und durfte sich nicht aufregen. Dabei soff er jedes Mal dem Alten den guten Schnaps weg und qualmte eine nach der anderen. Was für eine verlogene Bande! Die Aussicht, eine Zeit lang bei ihnen zu wohnen, machte mich ganz fertig.

Kurz bevor der Zug abfuhr, kam der Alte angejapst. Er war ganz rot im Gesicht, und ich konnte mir schon denken, was er außer telefonieren noch gemacht hatte.

»Nora kommt heute Abend zu Tante Angelika«, sagte er, als wir endlich im Zug saßen. Er ließ sich zufrieden in die Polster fallen und rülpste. Die Geschichte kam langsam in Fahrt. Jetzt kam auch noch Nora ins Spiel.

Nichts gegen Nora, sie ist schließlich meine Schwester, aber sie hat eine ziemliche Macke. Obwohl das auf ziemlich viele ältere Schwestern zutrifft, wie ich immer wieder feststellen muss. Wahrscheinlich liegt es daran, dass ältere Schwestern zuerst da sind und die ersten Jahre ohne Bruder oder Schwester in Einsamkeit verbringen. Und um das auszugleichen, labern sie dann ohne Pause. Nora kann einen totquatschen. Aber sie kann auch richtig witzig sein. Und sie ist echt tough. Wehe, es kommt ihr einer blöd. Der bekommt erst mal eins in die Fresse. Nicht mit der Faust, dafür ist Nora viel zu klug. Sie macht die Leute mit Worten so dermaßen fertig, dass die sich hinterher zweimal überlegen, ob sie sich noch mal mit ihr anlegen.

Nora würde also kommen und alles durcheinanderwirbeln. Wahrscheinlich hatte der Alte ihr noch eingeschärft, sich in Onkel Manfreds Gegenwart zurückzuhalten. Manfred konnte Nora nicht ausstehen. Und umgekehrt.

Der Zug war leer. Wer wollte auch nachmittags um drei Uhr freiwillig nach Angermünde? Der Alte schnarchte in seinem Sitz. Ich langweilte mich und sah aus dem Fenster. Aber das war fast noch langweiliger. Vor dem Fenster zog die Uckermark vorbei. Eine platte, trockene Fläche.

In Angermünde stieg außer uns nur eine alte gebeugte Omi aus. Der Alte sah sich um. Er hatte wohl gehofft, Tante Angelika würde uns abholen. Was hatte er erwartet? Eine Blaskapelle, Tante Angelika und Onkel Manfred in Clownskostümen, die Kinder mit Blumensträußen, Winkelementen und Begrüßungsgetränken? Na ja, insgeheim hatte ich auch ein bisschen gehofft, dass uns jemand erwartete. Man kam sich auf dem zugigen Bahnsteig so verloren vor. Das war alles so frustrierend.

Wenigstens der Schaffner tippte sich kurz an die rot-blaue Mütze, ehe er sich wieder in seinen Zug schwang.

»Lass uns doch ein Taxi nehmen«, sagte ich zum Alten.

»Nicht genug Geld«, sagte er.

Also steuerte ich die Bushaltestelle an.

»Ich habe gar kein Geld. Alles für unsere Fahrkarten ausgegeben«, sagte der Alte kleinlaut.

Eher für den Flachmann, dachte ich und nahm meine Tasche. Dann gingen wir eben zu Fuß. Das sollte ja gesund sein. Wir quälten uns durch den Ort. Alles war so aufgeräumt in Angermünde. Kein Fitzelchen Dreck auf den Straßen. Das war schon fast unheimlich. Ich hatte den Eindruck, die Leute würden uns schief ansehen, aber vielleicht lag es auch an meiner Paranoia.

Bei Tante Angelika machte niemand auf. Die sind abgehauen, damit sie ihre asoziale Verwandtschaft nicht aufnehmen müssen, dachte ich. Dabei waren die nichts Besseres. Onkel Manfred arbeitete zwar, im Gegensatz zum Alten, der sich nicht mal um Arbeit bemühte, aber sie putzten sich die Ärsche auch nur mit Klopapier. Okay, sie hatten ein Haus. Aber wer will schon in so einer spießigen Gegend wohnen? In einem Reihenhaus, wo man durch die dünnen Wände den Nachbarn furzen hört? Aber ich glaube, der Alte war trotzdem ein bisschen neidisch. Onkel Manfred merkte das und ließ dann Sprüche los wie »Wer arbeiten will, der findet auch Arbeit!«.

Tante Angelika und Onkel Manfred hatten zwei Autos. Und zwei Kinder. Die eine war so ein Pummel wie ihr Vater. Die andere, Nadine, sah eher wie ein gerupfter Besen aus. Also wie Tante Angelika.

Mir taten die Füße weh. Ich war das Gelatsche einfach nicht gewöhnt. Weiter als bis zum nächsten Block lief ich zu Hause ja nie. Gegenüber vom Haus war ein Spielplatz, da warteten wir.

Der Alte saß auf dem Klettergerüst und zündete sich eine

Kippe an. Ich saß auf der Schaukel und kratzte mit der Fußspitze sinnlos im Sand.

Im Nachbarhaus bewegte sich verdächtig eine Gardine. Und es dauerte auch nicht mehr lange, da kam einer rausgedackelt.

»Auf dem Kinderspielplatz ist Rauchen streng verboten«, sagte der Kerl, der mich irgendwie an eine verschrumpelte Nuss erinnerte, mit seinem kahlen Kopf und den tiefen Furchen im Gesicht.

Die Nuss zeigte auf ein Rauchen-verboten-Schild. Der Alte warf seine Kippe in den Sand und drückte sie mit dem Schuh aus. Das schien dem Mann auch nicht zu gefallen. »Warten Sie auf jemanden?«, fragte er und sah sich misstrauisch um.

»Ja«, sagte der Alte und zeigte aufs Haus von Tante Angelika. »Meine Schwester wohnt hier. Wir besuchen sie.«

»Ach, die Familie Breitenbach. Nette Leute! Wirklich, wir kommen gut miteinander aus. Sie stellen nur immer ihren Müll zu früh raus. Das zieht die Ratten an. Aber sonst sind die sehr angenehm.«

»Wer? Die Ratten?«, fragte ich, um den Kerl ein bisschen zu verwirren. Doch er winkte ab.

»In letzter Zeit hatten wir öfter Einbrüche hier in der Gegend. Da hält man schon mal die Augen offen, wer sich hier so rumtreibt.«

Der Alte nickte. »Verstehe«, sagte er.

Hau dem Schwätzer eine rein, dachte ich. Der soll sich verpissen. Sehen wir aus wie Einbrecher? Wir warten hier nur. Setzen sich Einbrecher vielleicht bei den Leuten vors Haus und warten stundenlang?

Der Typ sah eine Weile in den Himmel. »Nach Regen sieht

es ja eigentlich nicht aus. Obwohl die welchen angesagt haben.« Der Alte guckte jetzt auch nach oben.

»Vielleicht können Sie Ihrer Schwester das mit dem Müll mal sagen. Wir haben es schon so oft versucht, aber auf dem Ohr sind die taub.«

Er ließ uns grußlos zurück. Der Alte und ich sahen uns an. »Was war das denn für eine Kanone?«, fragte er, und ich musste lachen.

Da kam Tante Angelika um die Ecke gebogen. Neben ihr watschelte Yvonne. Yvonne war zwölf und doppelt so breit wie ihre Mutter. Der Alte winkte ihnen. Aber die beiden taten, als hätten sie uns nicht gesehen. Als sie auf unserer Höhe waren, fragte Tante Angelika scheinheilig: »Was macht ihr denn hier?«

»Angelika, ich bin dein Bruder«, versuchte der Alte einen Witz, stieß aber bei ihr auf taube Ohren. Tante Angelika war total humorlos. »Du weißt doch, dass wir kommen.«

»Ja, aber doch nicht am helllichten Tag. Da sieht euch ja jeder. Ihr solltet abends kommen. Sitzt ihr schon lange hier?«

»Tante Angelika«, sagte ich. »Wir sind doch nicht auf der Flucht.«

Als wir ihr dann auch noch von dem Nachbarn berichteten, war es aus. Vor lauter Aufregung ließ sie den Schlüssel fallen. »Die Leute reden viel in der Siedlung. Vielleicht haben die Alex' Bild in der Zeitung gesehen. Wenn die erfahren, dass du mein Neffe bist, geht das rum wie ein Lauffeuer«, jammerte sie.

Bevor sie die Tür aufschloss, guckte sie sich noch mal um. »Also wirklich«, sagte sie empört, »am helllichten Tag.«

Sie hatte es bislang nicht mal geschafft, uns zu begrüßen. Im Hausflur drückte sie dem Alten die Hand, ich erhielt eine lauwarme Umarmung.

»Ihr Kinder kriegt jetzt erst mal einen Kakao. Und wir beide trinken einen Kaffee«, sagte Tante Angelika und verschwand schnell in der Küche. Yvonne guckte mich ängstlich an und lief dann hinterher.

Der Alte und ich saßen allein im Wohnzimmer und glotzten auf die Blumenrabatten im Garten hinterm Haus, bis Tante Angelika endlich mit einem Tablett auftauchte und uns strahlend verkündete: »Zuckerkuchen vom Vortag. Den gibt es billiger beim Bäcker«, sagte sie, als ob sie uns doch tatsächlich eine Spezialität anpreisen würde.

»Der kostet nur die Hälfte.«

Genauso gut hättest du uns ein Stück Pappe vorsetzen können, wollte ich gerade sagen, aber der Alte warf mir einen warnenden Blick zu.

»Wie lange wollt ihr denn eigentlich bleiben?« Sie fiel aus allen Wolken, als der Alte was von drei bis vier Wochen nuschelte.

»Also, ich weiß nicht, das müssen wir erst mal sehen. Wir dachten an zwei, drei Nächte. Wir kriegen doch auch die Handwerker. Und unser Haus ist ja nicht so groß. Das ist gar nicht für so viele Menschen gebaut.« Langsam kam sie in Fahrt. »Außerdem wollten Manfred und ich doch auch noch ein paar Tage zu seiner Schwester in Westdeutschland fahren. Und dann seine Herzkrankheit. Der braucht seine Ruhe. Also, ich weiß nicht«, sagte sie erneut und kratzte sich ratlos am Kopf.

»Alex schläft aber nicht oben bei uns, oder?«, fragte

Yvonne. Ihre fetten Stummelfinger pickten gerade den letzten Kuchenkrümel vom Teller.

»Nein, nein, mein Schatz. Alex und sein Papa schlafen im Keller.« Sie tätschelte ihrer Tochter den Kopf wie einem Hund. »Aber drei Wochen? Ich weiß nicht.«

Die Sache wurde vertagt, denn Onkel Manfred kam nach Hause. Schwergewichtig und mit hochrotem Kopf polterte er rein, die kleine Nadine im Schlepptau.

»Ach, der Besuch«, sagte er und betrachtete uns angeekelt, als wären wir nur zwei Kakerlaken, die da kackfrech auf seinem Sofa rumlümmelten.

Grußlos verschwand er gleich wieder in der Küche. Nadine stand da und guckte uns mit großen Augen an. Der Alte und ich fühlten uns irgendwie wie am falschen Ort.

Als Onkel Manfred mit einer Bierflasche in der Hand wieder auftauchte und sich ächzend in den Sessel fallen ließ, sagte er zu Nadine: »Hol mir mal ein Glas.«

Der Alte schielte sehnsüchtig auf das Bier. Onkel Manfred trank glucksend und rülpste herzhaft. »Manfred!«, sagte Tante Angelika streng.

»Ist doch nur dein Bruder«, sagte er lachend und wischte sich den Bierschaum mit dem Handrücken ab. »Stört den doch nicht. Oder?« Er zwinkerte mir zu.

»Ja, aber die Kinder.« Onkel Manfred winkte ab.

»Könnte ich vielleicht auch was zu trinken haben?«, fragte der Alte mit leiser Stimme.

»Wasser?«, fragte Onkel Manfred. Er und Tante Angelika lachten. Sie wussten, dass der Alte soff. Trotzdem bekam er sein Bier, und nach dem ersten Schluck kehrte die Farbe in sein Gesicht zurück.

Nachdem die Erwachsenen noch ein paar Floskeln ausgetauscht hatten, ging ihnen der Gesprächsstoff aus und es herrschte unangenehmes Schweigen.

Nadine platzte in die Stille. »Mama? Darf ich Alex meinen neuen I-Pod zeigen?« Sie wippte ungeduldig auf den Füßen.

»Äh, ich weiß nicht, ob das eine gute Idee ist. Er ist bestimmt müde von der Reise. Vielleicht will er sich hinlegen.«

»Kein Problem«, sagte ich. »Ich würde mir gern Nadines I-Pod ansehen.«

»Nein, nein, ihr bleibt hier.« Wahrscheinlich hatte sie Angst, ich würde Nadine bewusstlos schlagen und mich mit ihrem I-Pod aus dem Staub machen.

»Ich habe Nadine lieber im Blick. Sie macht in letzter Zeit so viel Unsinn«, sagte Tante Angelika zum Alten und fuhr sich nervös durchs Haar. »Aber Mama«, protestierte Nadine. »Das stimmt doch gar nicht!«

»Schluss jetzt!«, mahnte Onkel Manfred und schlug auf die Sessellehne. »Du weißt ja, wie das ist, wenn die Kinder in die Pubertät kommen«, sagte er zum Alten. Nadine war gerade mal zehn!

»Hast ja genug Ärger mit deinen eigenen Bälgern.«

Das schmeckte dem Alten überhaupt nicht, wie ich an seinem Gesichtsausdruck erkennen konnte.

Tante Angelika verschwand mit den Mädchen in der Küche, das Abendbrot machen. Onkel Manfred hatte den Fernseher laut gestellt und beachtete uns nicht mehr. Als es klingelte, fuhr er erschrocken zusammen. »Herrgott, wer kann das denn sein?«

»Die Bullen«, sagte ich. »Die wollen euch wegen Beihilfe einbuchten.« Onkel Manfred wurde sauer. »Darüber scherzt man nicht, junger Mann. Und gerade du hast es nötig.« Er war ganz blass geworden und trank schnell einen großen Schluck Bier, um sich zu beruhigen.

»Das war echt abartig«, sagte Nora statt einer Begrüßung. Onkel Manfred verzog den Mund. Er hasste Nora wie die Pest. Ein Mädchen hatte den Mund zu halten, wenn Männer sich unterhielten, hatte er mal zu ihr gesagt. An Nora war das abgeprallt, die nahm diesen Vollidioten gar nicht ernst. Ihre Haut war aus Stahl. Und ihre Augen waren wie Diamanten. Nora starrt dich, ohne zu blinzeln, in Grund und Boden. Dafür ist ihr Herz aus Butter und ganz schnell zum Schmelzen zu bringen.

Dennis hatte sie auch mitgebracht. Er stand unschlüssig im Türrahmen und trat von einem Bein auf das andere. Er hatte es nicht so mit dem Reden. Nora ließ sich neben mir aufs Sofa plumpsen. »Ihr hättet dabei sein sollen. Überall diese Fernsehtypen mit ihren Kameras. Diese Schmeißfliegen haben mich umschwärmt, als hätten sie einen dreiköpfigen Hund entdeckt, der sprechen und tatarische Weihnachtslieder furzen kann.«

Onkel Manfred guckte sie böse an. Nora beachtete ihn gar nicht.

»Die habe ich erst mal zusammengeschissen, diese verkackten Medienheinis.«

Onkel Manfred öffnete den Mund, aber es kam nur ein leises Ächzen raus.

Nora zog ständig in irgendeine Schlacht. Sie zog Ärger an wie ein Magnet Eisen. »Na, Großer!«, begrüßte sie mich und tätschelte mein Knie. »Wie geht es dir als Berühmtheit?«

Ich grinste. Nora brachte mich immer wieder zum Lachen. »Gut, wenn man mal davon absieht, dass ganz Schwedt mich jetzt hasst.«

Sie lachte. »Das wird schon wieder. Wenn die erst mal den richtigen Mörder gekriegt haben.«

»Das wird das Gericht klären«, warf Onkel Manfred ein. »So einfach ist das alles nicht. Und wer weiß denn, ob Alex der Alten nicht wirklich eins übergegeben hat?«

»Manfred!« Tante Angelika hatte ihren Kopf in die schmale Durchreiche zwischen Küche und Wohnzimmer gezwängt. Sie sah aus wie eine Schildkröte, die den Hals aus ihrem Panzer steckt.

»Na was denn? Weiß man es?«

Der Alte war puterrot geworden. »Mein Sohn ist kein Mörder«, schrie er plötzlich los.

»Ach ja?«, schrie Onkel Manfred zurück und richtete sich in seinem Sessel auf. »Dass dein Herr Sohn ein feines Früchtchen ist, wissen wir doch alle. Ist ja nicht das erste Mal, dass er mit der Polizei zu tun hat. Der kann doch mit seinem Unschuldsblick nicht mal eine Betschwester täuschen.«

»Manfred! Wir hatten doch ausgemacht ...«, rief Tante Angelika durch die Luke.

»Ja, ja«, grummelte Onkel Manfred.

»Mein Sohn ist kein Mörder!«

»In meinem Haus sage ich, was ich will, und wenn einer was dagegen hat, weiß er ja, wo die Tür ist«, rief Manfred wütend.

»Das müssen wir uns nicht bieten lassen«, schrie der Alte und stand auf.

Tante Angelika war mittlerweile zu uns rübergekommen.

Sie tupfte sich mit einem Taschentuch über die verheulten Augen.

»Besser, ihr fahrt mit uns nach Hause. Hier seid ihr anscheinend nicht willkommen«, sagte Nora und warf Onkel Manfred einen abfälligen Blick zu.

»Aber man weiß es doch wirklich nicht«, schluchzte Tante Angelika. »Jens, du bist zwar mein Bruder und Alex mein Neffe, aber du musst uns auch verstehen«, jammerte sie und tastete nach einer Packung Taschentücher auf dem Wohnzimmertisch. Was für ein Auftritt!

»Man fühlt sich ja im eigenen Haus nicht mehr sicher. Wenn eure arme Mutter wüsste, was sie für Kinder in die Welt gesetzt hat. Da hat einfach die mütterliche Hand gefehlt.«

Ich hoffte, weder Gott noch meine arme Mama hatten diesen Scheiß gehört. Nach ihrer Ansprache sank Tante Angelika atemlos aufs Sofa und weinte still vor sich hin. Onkel Manfred murmelte vor sich hin. Der Alte stand immer noch und brachte vor Empörung kein Wort raus. Selbst Nora war blass und saß still auf dem Sofa. Ein ungewohnter Anblick. Ich hielt mich lieber zurück.

Dafür drang Dennis' Stimme wie ein Eispickel in dieses gefrorene Schweigen. »Das ist aber echt nicht nett, so was zu der eigenen Familie zu sagen.«

Fast hätte ich losgelacht.

»Wer hat dich denn gefragt, du Strauchdieb?«, wetterte Onkel Manfred los. »Du bist doch auch so einer. Wahrscheinlich hast du die Alte auf dem Gewissen.«

Jetzt wurde es richtig böse. Oh Mann, den Spruch hätte Onkel Manfred sich klemmen sollen. Mit Dennis war nicht zu spaßen. Ich habe mal gehört, dass er gleich zwei Typen auf einmal zur Schnecke gemacht hat.

»Ich meine ja nur«, sagte Dennis lahm. Ich war etwas enttäuscht. Ich hätte gedacht, er würde Onkel Manfred ruck, zuck auf die Fresse hauen.

»Ihr müsst zusammenhalten«, fing Dennis wieder an.

Onkel Manfred saß im Sessel und zischte drohend, dabei stand Dennis ganz ruhig da. Aber er hatte eben einen schlechten Ruf.

»Lass meinen Mann in Ruhe, du Verbrecher, der ist herzkrank«, wimmerte Tante Angelika. Ich konnte nicht anders, ich musste einfach lachen, sonst wäre ich geplatzt.

»Das Früchtchen lacht auch noch«, rief Onkel Manfred. »Ich rufe die Polizei. Die wird euch Mörderbande schon Bescheid geben.«

»Was hast du gesagt?«, spuckte der Alte und stellte sich drohend neben Dennis. »Los, du fettes Ding«, schrie er Onkel Manfred an, der japsend im Sessel saß. »Sag mir das noch mal ins Gesicht.« Der Alte war schwer in Fahrt. »Und du, Angelika, was fällt dir ein, so über meine Kinder zu reden! Du hast doch keine Ahnung, wie wir leben. Du interessierst dich doch gar nicht für uns. Hast du nach Katrins Tod einmal die Kinder zu dir eingeladen?«

»Es war immer so viel zu tun«, verteidigte sie sich.

Jetzt erwachte auch Nora aus ihrer Starre. »Ihr seid euch doch immer wie was Besseres vorgekommen«, rief sie wütend.

Onkel Manfred nutzte die Ablenkung und sprang mit einer Schnelligkeit, die man ihm nicht zugetraut hätte, auf und flüchtete hinter den Sessel. »Verschwindet endlich, ihr Verbrecher!«

Nadine und ich tauschten verwunderte Blicke aus. Ich glaube, das alles war ihr genauso peinlich wie mir.

»Wen nennst du hier Verbrecher?«, fragte der Alte.

»Mörderbande«, sagte Onkel Manfred. »Wer weiß, ob ihr nicht alle unter einer Decke steckt. Euch traue ich alles zu. Seit Jahren sage ich zu Angelika, sie soll den Kontakt zu euch abbrechen. Wie viele schlaflose Nächte hat sie wegen euch schon gehabt? Sie ist ganz krank vor Sorge.«

Nora lachte höhnisch auf.

Der Alte war nicht mehr zu stoppen. Er kloppte Onkel Manfred eine schöne rechte Gerade aufs Auge. Der sackte wortlos hinter dem Sessel zusammen und war nicht mehr zu sehen.

Alle verstummten schlagartig.

»Du hast ihn umgebracht«, flüsterte Tante Angelika, und Yvonne fing an zu kreischen. Nadine hielt sich eine Hand vor den Mund. Sie tat mir echt leid.

»Hör mal«, sagte der Alte zu Tante Angelika. »Ich wollte doch nicht ...«

»Du hast ihn umgebracht«, sagte sie noch einmal.

Da hörten wir ein Stöhnen hinter dem Sessel.

Onkel Manfred saß auf seinem fetten Arsch und hielt sich die linke Gesichtshälfte. Unter seinen Fingern blühte ein schönes Veilchen.

»Raus hier, aber schnell. Ich ruf die Polizei, wenn ihr bei drei nicht verschwunden seid«, sagte Tante Angelika.

Der Alte warf ihr einen bösen Blick zu. »Keine Angst. Ich lasse meine Kinder keine Sekunde länger in diesem verlogenen Haus.«

Wir waren schon draußen auf der Treppe, da kam Tante

Angelika hinter uns her. »Wie gemein von dir, unsere Hilfsbereitschaft so auszunutzen, Jens. Unsere Mutter wusste schon, warum sie mich immer vorgezogen hat. Sie hat gewusst, dass du nichts taugst.«

Der Alte sah aus, als wolle er ihr am liebsten auch ein blaues Auge verpassen, aber er schluckte seinen Ärger runter und sagte ganz ruhig: »Du warst schon als Kind scheiße, Angelika! Deswegen hattest du auch nie Freunde.«

Sie heulte auf und schlug krachend die Tür zu.

Als wir in Dennis' Auto saßen, sagte der Alte: »Ich bin richtig erleichtert«, und fing an zu lachen. Er kriegte sich gar nicht mehr ein. Nora und ich mussten mitlachen.

»Ihr seid so abgefahren«, sagte Dennis. Daraufhin mussten wir noch mehr lachen.

Wir lachten noch, als wir Angermünde längst hinter uns gelassen hatten.

# 6

Der Alte wollte nicht bei Tageslicht nach Hause, wegen der Nachbarn. Also vertrödelten wir den Rest des Tages in einem Einkaufszentrum auf halber Strecke, wo uns hoffentlich niemand erkennen würde.

Es war fast Mitternacht, als wir auf dem Parkplatz vor unserem Haus ankamen. Der Alte schlief, wir mussten ihn wachrütteln. Er hatte sich in einer Kneipe vollaufen lassen.

Oben angekommen, erwartete uns schon der nächste Ärger. Unsere Wohnungstür war beschmiert. »Mörder raus!«, »Alex ins KZ«, »Sig Hail« und andere Nettigkeiten. Das Schärfste aber war der große, stinkende Scheißhaufen. Direkt auf dem Fußabtreter. Schon ein bisschen eingetrocknet, aber nicht zu übersehen.

»Iieh!«, machte Nora und hielt sich angeekelt die Nase zu. Ich musste schon wieder lachen bei der Vorstellung, dass irgendein Idiot sich doch tatsächlich mit runtergelassener Hose vor unsere Wohnung hockte, um einfach loszukacken. Der Alte fand das gar nicht lustig. Das Beste aber war der Brief neben dem Scheißhaufen. Der kam von der Hausverwaltung.

*... daher fordern wir Sie auf, den Kothaufen möglichst schnell*

*zu entfernen, sonst werden wir mietrechtliche Schritte einleiten.*

»Die drohen uns mit Kündigung«, sagte der Alte fassungslos.

»Denken die, ihr scheißt euch selbst vor die Tür?«, fragte Dennis.

»Sind das Arschlöcher«, sagte Nora.

»Die wollen euch loswerden«, sagte Dennis scharfsinnig. Manchmal überraschte er mich.

Der Briefschlitz quoll über vor Briefen und sah aus wie ein vollgefressenes Maul.

Als der Alte die Tür aufmachen wollte, musste er sich mit aller Kraft dagegenstemmen, weil sich dahinter ein Papierberg auftürmte. Das meiste waren anonyme Drohungen und Anfragen von der Presse. Es war aber auch der eine oder andere Fanbrief dabei. Eine 44-jährige Evelyn wollte mich heiraten und auf mich warten, bis ich aus dem Knast käme. Sie hatte sogar ein Foto beigelegt. Solche Groupies hatte ich mir eigentlich nicht vorgestellt.

Der Anrufbeantworter war voll mit Scheiß. Einer der Anrufer klang wie Ronny, der mit verstellter Stimme sprach und mir drohte. Auch Frau Hagendorf hatte drauf gesprochen: »Hier ist die Tochter der armen Frau, die Ihr Sohn ermordet hat. Ich will meinen Schmuck wiederhaben, ihr Diebe! Asoziales Gesindel. Ich hetze euch die Russenmafia auf den Hals.«

Ich ging in mein Zimmer und kramte mein Handy raus. Ich musste endlich mit meinen Kumpels sprechen. Als Erstes rief ich Schädel an, aber da meldete sich nur die Mailbox. Dann rief ich Mandy an. Sie sagte »Hallo!« und war weg. Ich versuchte es noch mal, aber sie ging nicht mehr ran. Vielleicht ein Funkloch. Ich versuchte es bei Ratte. Der war ziemlich einsilbig und druckste rum, er hätte jetzt eigentlich gar keine Zeit und so. Als ich ihn fragte, ob er mal vorbeikommen wolle, sagte er: »Vielleicht in den nächsten Tagen.«

Als Letztes rief ich Marcel an. Der tat, als wäre die Verbindung schlecht, was aber gelogen war. Er machte nämlich irgendwelche Geräusche, das konnte ich hören. Irgendwann war er weg.

Scheiße, dachte ich. Was ist mit denen los? Ich wartete eine Weile, aber als sich niemand meldete, knallte ich mich aufs Bett und legte Sidos »Mein Block« auf.

Darin geht es um den Zusammenhalt unter den Homies aus derselben Siedlung. Das war einer unserer Lieblingssongs gewesen. Sogar die Skins sangen immer mit, wenn wir alle am See grillten.

Jetzt konnte ich das Scheiß-Lied nicht mehr hören. Kam mir irgendwie falsch vor. Ich machte die Musik aus und starrte an die Decke. Mit den zugezogenen Vorhängen fühlte ich mich wie lebendig begraben.

Den ganzen Nachmittag lag ich auf dem Bett und versuchte, nicht über all das nachzudenken. Das war ziemlich schwierig. Ständig ging mir im Kopf rum, was als Nächstes passieren würde, was mit meinen Leuten los war und so weiter. Irgendwann konzentrierte ich mich auf einen Riss in der Decke und starrte darauf, bis mir die Augen tränten und ich doppelt sah. Nach einer Weile schlief ich ein.

Als ich aufwachte, saß der Alte neben meinem Bett. Zwei Becher Kakao dampften auf meinem Schreibtisch. Der Alte grinste mich an. Er war frisch rasiert und hatte keine Fahne.

Er reichte mir eine Tasse, und wir stießen an. Der Fernseher lief ohne Ton. Wir guckten schweigend irgendeinen Quatsch und tranken unseren Kakao.

Irgendwie war's dann doch ein schöner Tag.

# 7

Am nächsten Morgen ging ich zu den Bullen, um mich mal wieder zu zeigen. Diesmal waren sie schärfer als beim ersten Mal. Ließen mich extra lange warten und waren total unfreundlich. Man konnte sehen, dass es ihnen ziemlich auf den Sack ging, dass ich frei rumlief. Zum Abschied schleuderte mir einer der Bullen meinen Kinderausweis vor die Füße und drehte sich weg, als wäre ich ein Stück Dreck.

Ich schwänzte die Schule und trieb mich stattdessen im Einkaufszentrum rum. Marcel und Kiki waren auch da, aber als ich grinsend auf sie zukam, drehten sie sich weg und verschwanden in einem Klamottenladen.

Gegen Mittag schlich ich nach Hause und lag den Rest des Tages in meinem abgedunkelten Zimmer und grübelte über alles nach. Was war bloß mit mir passiert?

Keiner von den Kumpels meldete sich, auch in den nächsten Tagen nicht. Ich dachte darüber nach, vielleicht mal bei Debbie anzuklingeln, ließ es dann aber lieber. Ich hatte keine Lust auf eine Abfuhr. Debbie konnte ganz schön streng sein. Na ja, sie war ja auch Klassensprecherin, da musste man sich irgendwie durchbeißen. Komischerweise dachte ich trotzdem die ganze Zeit an sie. Aber eigentlich war ich von den Weibern enttäuscht, nach dem Verrat von Mandy.

Glücklicherweise ließen die Feindseligkeiten der Nachbarn langsam nach. Manche grüßten den Alten sogar wieder. Das Telefon klingelte auch nicht mehr so häufig wie zu Anfang. Manchmal rief jemand an und sagte »Mörder« oder »Haut ab«. Einer stöhnte, als Nora dran war. Nur Frau Hagendorf blieb uns treu. Sie rief jeden Tag an und forderte ihren Schmuck zurück. War der Alte am Apparat, drohte sie damit, ihn kastrieren zu lassen. War ich dran, wünschte sie mir die Pest an den Hals. Einmal bot sie mir Geld, wenn ich ihr den Schmuck zurückgeben würde. Und immer wieder drohte sie uns mit der Russenmafia.

Auch Reporter meldeten sich immer weniger. Alles in allem verlief das Leben recht ruhig. Nur dass meine Kumpels nichts mehr mit mir zu tun haben wollten, machte mich fertig. Dafür entdeckte ich Seiten an dem Alten, die ich nicht kannte. Er konnte richtig witzig sein, wenn er gut drauf war, und er konnte ein guter Zuhörer sein, wenn er nicht besoffen war. Er wollte wissen, was ich eigentlich den ganzen Tag so trieb. Also an normalen Tagen, wenn ich nicht gerade unter Mordverdacht stand.

Gute Frage! Ich konnte dem Alten ja schlecht erzählen, was ich mit der Gang so anstellte. Am liebsten hätte ich gesagt: Ach, weißt du, ein bisschen Abziehen, mal was klauen, hin und wieder einen durchziehen oder auch mal ein bisschen Speed, wenn einer Kohle hat, und wenn es gar nix zu tun gab, mal eine Laube aufbrechen, eine Spritztour mit einem geklauten Auto. Was man eben so macht, wenn man jung ist und in dieser beschissenen Stadt lebt.

Aber ich hielt lieber das Maul und spielte mit dem Alten Dame oder Computerspiele, und selbst da stellte er sich nicht so doof an wie sonst.

Nora zog zu uns. Sie machte sich Sorgen um uns. Dennis brachte sie gleich mit: Er kochte, machte den Abwasch und so allerlei Mädchenarbeit. Ich zog Nora auf. »Pass auf, der Kerl wird noch schwul, wenn du ihn noch länger im Schürzchen rumrennen lässt.« Aber Nora war zu klug für billige Sprüche. Sie ließ mich einfach stehen.

Stattdessen verdonnerte sie mich und den Alten zum Abtrocknen oder Gemüseschneiden. Als ich eines Abends Karotten schälte, schlug mir Dennis auf die Schulter. »Du schaffst das schon, Kleiner.« Ich sah ihn verwundert an. Vielleicht war er gar nicht so verkehrt.

Höhepunkt der Woche war Otters Besuch. Er fläzte sich auf unser Sofa, himmelte Nora an und sagte, es gebe trotz der eifrigen Ermittlungen keinen Hinweis auf einen anderen Täter als mich.

Schwachsinn, dachte ich. In Wahrheit tat Otter gar nichts und wartete auf mein Geständnis. Ich gab ihm zum Abschied nicht die Hand.

# 8

Der Alte blieb die ganze Woche über nüchtern, nur am Freitagabend hatte er einen Aussetzer und rannte krakeelend durch die Wohnung. In seinem Suff rief er einen Fernsehreporter an, der uns schon länger nervte. Der Alte hatte ihn bislang immer abgewimmelt.

»Die ganze Welt soll von der Unschuld meines Sohnes erfahren«, hörte ich ihn in den Hörer säuseln. Er lud den Fernsehfritzen für den nächsten Tag ein. »Wir kriegen sogar Geld«, rief der Alte glücklich, als er den Hörer aufgelegt hatte.

Nora war völlig aus dem Häuschen. »Bist du bescheuert? Du holst diese Geier auch noch in unsere Wohnung? Die werden dich bescheißen, unter Garantie.« Der Alte winkte ab.

Am nächsten Abend stand der Fernsehheini vor der Tür. Armeejacke, Jeanshose und halblange angegraute Haare, die irgendwie kunstvoll verwuschelt aussahen. Er trug doch tatsächlich eine Brille mit grünen Gläsern. Im Schlepptau hatte er zwei Typen. Einer schleppte die Kamera, der andere ein Mikro und eine schwere Tasche.

Der Reporter sah sich angewidert in der Bude um. Man

sah gleich, dass er kein Interesse an uns hatte. Den Alten hatte er beim Händeschütteln nicht mal angeguckt. Mich glotzte er von oben bis unten an, als wäre ich irgendein widerliches Tier. Er stellte sich als Andy mit Y vor. Was für ein Idiot!

Andy raunzte unentwegt seine Kamerafuzzis an, als wären sie nur lästige Wanzen. Und als Nora dazukam, wurde er noch schlimmer, spielte total den Macker, um sie zu beeindrucken. Nora durchschaute ihn schnell, aber trotzdem mochte sie es, wenn einer Wind um sie machte. Ich kannte sie zu gut. Dennis verfolgte das Treiben mit zusammengekniffenen Augen.

»Bau die Kamera hier auf«, kommandierte Andy wichtigtuerisch. »Ich denke, wir setzen den Vater auf das Sofa, den Jungen hier in die Ecke und die junge Dame ...« Er lächelte Nora an, sah sich suchend um und kratzte sich am Kinn. »Das Sofa ziehen wir ein Stück vor. Den Tisch drehen wir so rum. Vielleicht können wir die Schrankwand ein paar Meter nach rechts schieben.« Wenn man ihn gelassen hätte, hätte er bestimmt noch ein paar Wände eingerissen.

So ging das eine ganze Weile, bis die Kamerajungs genug hatten, ihn nicht mehr beachteten und ihr eigenes Ding machten. Andy stand da, grinste Nora an und soff dem Alten das Bier weg. Als alles aufgebaut war, gab Andy wieder Befehle. Der Alte musste sich aufs Sofa setzen, daneben Nora, die er so platzierte, dass er ihre Beine anstarren konnte. Mich schob er in einen Sessel. Dennis musste sich in eine Ecke setzen, er war sowieso nicht im Bild.

Der Alte hatte vorher noch ein paar Bier gekippt. »Wegen dem Lampenfieber.« Andy hatte fleißig mitgehalten, und als die Kamera endlich lief, waren die beiden ziemlich hinüber. Andy lallte ein bisschen und fragte den Alten, wie das denn nun alles gewesen sei mit mir und der Polizei. Der Alte war nicht mehr zu halten. Er schimpfte wie ein Rohrspatz auf die Bullen, vor allem auf Otter. Auch dass sie mich eingeknastet hatten, mich armen Jungen. Und dass die Nachbarn so fies wären.

Ein Wunder, dass er nicht gleich Amnesty International zu Hilfe rief. Andy feuerte den Alten an. Besonders das mit dem Scheißhaufen vor der Tür amüsierte ihn ganz besonders.

Aber dann wechselte der Alte einfach das Thema. »Ich bin arbeitslos. Weil ich 48 bin, tauge ich nicht mehr für den Arbeitsmarkt.« Er hielt seine Hände in die Linse. »Diese Hände haben Deutschland mit aufgebaut. Und jetzt geht alles den Bach runter.«

Andy machte einen auf verständnisvoll. Er zwinkerte Nora zu, die aussah, als ob sie gleich explodierte. »Was sagen Sie denn zu den Ausführungen Ihres Vaters?«

Nora schwieg. Sie hatte beschlossen, diesen Idioten mit Blicken zu töten. Das war Andy peinlich, und er gab den Kamerajungs ein Zeichen, mal auf Dennis zu schwenken. Der lief rot an wie eine Tomate und stammelte vor sich hin.

Dann war ich dran. Aber anstatt dass ich meine Version der Geschichte erzählen konnte, fragte mich der Heini, wie ich mir meine Zukunft vorstellen würde.

»Keine Ahnung«, sagte ich.

»Na ja, du musst doch eine gewisse Vorstellung haben. Was willst du denn mal werden?«

Mir fiel nichts Gescheites ein. Ich wollte eigentlich immer

Dealer werden. Die Jungs hatten immer Kohle und Mädchen. Aber mittlerweile schien mir das nicht mehr erstrebenswert. Ich hatte schon genug Ärger.

Die beiden Kamerajungs filmten noch mein Zimmer, während Andy versuchte, mit Nora zu flirten. Beim Rausgehen tätschelte er mir den Kopf, als hätte ich ihm ein schönes Kunststück vorgeführt.

Dem Alten drückte er 100 Euro in die Hand.

Nora bekam noch eine Ansprache. »Meine Handynummer haben Sie ja. Sie können mich jederzeit anrufen.« Dann kackte er die Kamerajungs an, sie sollten mal schneller machen, und stolperte die Treppe runter.

Von der Kohle ließen wir uns Essen vom China-Bringdienst kommen. Ich nahm die Nummer 23.

# 9

Montagmorgen. Der Alte hatte beschlossen, dass ich wieder in die Schule gehe.

Auf dem Weg dahin gab's 'ne Menge böser Blicke von den Omas vorm Supermarkt. Das Gleiche im Bus.

Vor der Schule rempelten mich zwei aus der Parallelklasse an und drohten mir mit Schlägen. Ein paar Tage zuvor hätten diese Deppen sich nicht mal getraut, in meine Richtung zu atmen. Aber ich ließ mich auf nichts ein. Wenn man unter Mordverdacht steht, steht man über solchen Sachen.

Erste Stunde Deutsch bei Martenstein, Studienrat und unser Klassenlehrer. Fuhr einen alten 200er D und war in Ordnung. Wenn auch zu sehr auf dem Klassikertrip. Goethe, Schiller und diese Typen! Wieder und wieder. Nach seiner Stunde war einem immer ganz komisch.

»Nicht schon wieder dieses Mittelalterzeugs«, stöhnten wir, wenn Martenstein sein Buchpaket auf den Tisch knallte. Aber er war ein korrekter Typ.

Einmal hatten wir ihm vorgeschlagen, mal einen Krimi zu lesen, da kam er gleich mit einer Schwarte von Schiller, »Die Gangsta« oder so.

Das gefiel uns, auch wenn wir nicht alles verstanden.

Ich traf ein paar Leute vor dem Klassenzimmer. Darunter die fette Luzie, der doofe Micha und Anne, die ihre Hand immer schon oben hatte, bevor der Lehrer die Frage stellte. Dabei knipste sie wie verrückt mit den Fingern und schüttelte ihren Arm, als wenn sie ihn wegwerfen wollte. Ich sagte höflich Guten Morgen, worauf sie mich komisch anguckten. Wahrscheinlich, weil ich noch nie Guten Morgen zu ihnen gesagt hatte. Eher so was wie: Fette Sau! Oder: Ich hau dir aufs Maul, du Spasti. Ich war da nicht zimperlich.

Schädel saß auf seinem Tisch und gab Rafi gerade eine Kopfnuss. Er hatte sich die Haare geschoren und trug White-Boyz-Klamotten. Er hatte mal wieder die Seiten gewechselt. Man musste nur mal für ein paar Tage weg sein, schon änderten die Leute ihre Montur und damit ihre Gesinnung. Wer heute Skater war, war morgen Glatze oder Rapper oder Kiffer. Man musste verdammt schnell sein, um mithalten zu können.

»Hey, Schädel«, sagte ich und wollte ihn abklatschen, aber er glotzte mich nur giftig an. Cool bleiben, dachte ich. Halte ihnen nie deinen Hals hin, sonst fallen sie wie ein ausgehungertes Rudel Wölfe über dich her.

»Wieder auf deinem Deutschland-erwache-Trip?«, fragte ich.

Für einen Moment sah Schädel aus, als wenn er sich auf mich stürzen wollte. Aber dann grinste er mich nur blöd an.

»Wieso sitzt Rafi denn jetzt auf meinem Platz?«, wollte ich wissen. Normalweise saß ich neben Schädel.

»Verpiss dich!«, sagte er.

Ich hatte mich wohl verhört und fragte noch mal.

»Du bist asozialer Abschaum. Verpiss dich!«

Abschaum? Asozial? Wir waren in demselben Dreckloch groß geworden.

»Du bist entartet. So einer wie du gehört nicht zu uns. Wer deutsche Frauen ermordet, mit dem hab ich nix zu schaffen. Du gehörst ins Lager.«

»Mit den Haaren haben sie dir wohl auch den letzten Rest Verstand wegrasiert, wie?«, sagte ich.

Mit seiner Reaktion hatte ich nicht gerechnet. Er knallte mir die Faust an den Kopf, ich ging zu Boden und blickte in die Sterne.

Alle standen um mich rum, aber keiner half mir hoch. Mit wackligen Knien kam ich auf die Beine. Schädel stand mit gesenktem Kopf da, wie ein wütender Stier.

»Du hast hier keine Freunde mehr, du Untermensch«, rief er und drohte mir mit der Faust.

Ich wollte ihm etwas erwidern, aber ich hatte echt Schiss, dass ich anfangen würde zu heulen.

In diesem Moment stand Martenstein in der Klasse. Alle setzten sich, nur ich hatte noch keinen Platz.

»Nun, junger Mann, keine Lust zu sitzen? Willst du den Unterricht stehend verfolgen? Sehr löblich. Das tut dem Rücken besser als das gewöhnliche Fläzen«, sagte Martenstein, worauf alles lachte. »Auch unser großer Freund Goethe hat viele seiner Werke stehend an einem Pult geschrieben.«

»Und jetzt ist er tot«, sagte ich, aber keiner lachte. Ich sah mich nach einem freien Platz um. Die meisten hatten ihre Taschen auf den Stuhl neben sich gestellt, damit ich mich ja nicht da hinsetzte. Nur neben Fetcher war noch was frei. Der war zwar etwas seltsam, aber mir immer noch lieber als die anderen Schwachköpfe. Man wusste gar nicht, was das für einer war. Er war in keiner Gruppe. Gehörte nirgendwo dazu. Kein Skin, kein Hip-Hopper, kein Punker, kein Sprayer, kein Kiffer, ein Nichts. Er trug uncoole Klamotten. Nicht mal von bekannten Marken. Er rauchte auch nicht und machte immer seine Hausaufgaben – ein seltsamer Typ. Angeblich sollte er mal eine Weile in der Klapse gewesen sein. Wir nannten ihn »Psycho«. Natürlich nur hinter seinem Rücken, denn Ratte wollte mal gesehen haben, wie Fetcher zwei Typen das Nasenbein gebrochen hatte. Schwer vorzustellen bei Fetcher, aber solche Märchen machten schnell die Runde, bis sich am Ende rausstellte, dass es nur ein Gegner gewesen war, der dann auch noch einen Kopf kleiner war und im Rollstuhl saß, oder so was.

Aber Fetcher war trotzdem eine andere Randerscheinung als zum Beispiel die fette Luzie oder die Streberin Anne, deren Tasche Schädel mal ins Pissbecken gestellt hatte. Fetcher hatte was Seltsames an sich, was Undurchsichtiges. Solche Typen genossen Artenschutz. Im Unterricht meldete er sich nie, aber wenn er drankam, wusste er garantiert die Antwort. Sehr seltsam.

»Wir haben am Freitag über dich diskutiert. Sowohl in der Klasse als auch im Lehrerzimmer«, sagte Martenstein und zwinkerte mir zu.

»Ja, und wir haben beschlossen, dich zu vergasen«, knurrte Schädel und fing sich einen bösen Blick von Martenstein ein.

»Niemand wird dich verurteilen, Alex. Du sagst, du hättest mit dem Überfall nichts zu tun. In dubio pro reo! Das heißt: Im Zweifel für den Angeklagten. Damit werden wir es halten. Du sollst weder benachteiligt noch bevorzugt werden.

Ich sage dir ganz offen, dass es Stimmen seitens des Lehrerkollegiums gab, die deinen Ausschluss von dieser Lehranstalt gefordert haben. Sie konnten sich glücklicherweise nicht durchsetzen. In contumaciam! Es gibt eben Menschen, die schreien sofort nach Repressalien, wenn ihre Ordnung ins Wanken gerät. Fetcher wird so nett sein, dir in der großen Pause den Unterrichtsstoff der vergangenen Stunden nachzureichen.«

Das war es. Ich war wieder aufgenommen. Ein Stein von der Größe eines Berges fiel mir vom Herzen. Der Rest der Stunde verlief wie gewohnt.

In der Pause kopierte mir Fetcher ein paar Blätter und setzte sich auf dem Hof neben mich. Ich grüßte ein paar Leute, die achtlos vorbeirannten, als wäre ich ein kläffender Köter, den man nicht weiter beachten muss.

»Sag mal«, fragte Fetcher. »Warst du es?«

»Was denn?«

»Du weißt, was ich meine.«

Ich war baff. »Findest du die Frage nicht etwas direkt?«

Er sah mich mit seinen blassblauen Augen ausdruckslos an.

»Woher willst du wissen, dass ich die Wahrheit sage. Ich könnte dir ja auch was vorlügen?«, fragte ich.

»Das würde ich merken.«

Ich sah ihn zweifelnd an. »Okay! Ich war es.«

Er guckte mich prüfend an und sagte: »Du lügst.«

Dann herrschte erst mal Schweigen.

Fetcher hatte mich ziemlich kalt erwischt. Aber eigentlich fand ich es gut, dass er gefragt hatte. So war das wenigstens geklärt.

Wir guckten zu, wie die anderen auf dem Hof ihre Runden drehten. Nach einer Weile fragte Fetcher: »Findest du nicht auch, dass Violetta in den letzten Monaten echt gewonnen hat?«

»Gewonnen? Was gewonnen? Den Preis fürs Rummachen?«, fragte ich. Violetta war das Schulflittchen, das sich jedem an den Hals warf.

»Ich finde, sie ist fraulicher geworden«, sagte Fetcher, ohne auf meinen Einwand einzugehen. »Irgendwie reifer.«

Ich sah zu Violetta rüber. Sie unterhielt sich gerade mit Frau Hemerling, die Pausenaufsicht hatte.

»Bist du in sie verknallt?«, fragte ich ihn.

»Weiß nicht.«

»Die macht doch mit jedem rum.«

»Mit dir auch?«

»Nee, mit mir nicht.«

»Woher weißt du es dann?«

Ich zuckte die Achseln. »Weiß doch jeder.«

»So wie jeder weiß, dass du Frau Neuhaus erschlagen hast?«

»Na ja«, sagte ich. »Ich hab es eben gehört. Mir hat einer erzählt, dass sie aufm Klo mit wem rumgemacht hat.«

»Und was genau haben sie da gemacht?«

»Was sollen sie schon gemacht haben?«, fragte ich. »Was man eben so macht.«

Fetcher sah mich spöttisch an. »Du weißt es nicht«, sagte er.

Ich wollte gerade antworten, da sah ich Debbie, die auf uns zusteuerte. Ich guckte schnell in eine andere Richtung. Aus den Augenwinkeln sah ich, wie sie näher kam. »Hallo,

Debbie!« Ich rechnete mit einer Ohrfeige. Wenigstens mit einer Beschimpfung. Stattdessen fragte sie: »Wie geht es dir, Alex?« Damit hatte ich überhaupt nicht gerechnet. Das machte mich richtig fertig. Fetcher stieß mich an. »Sie will wissen, wie es dir geht«, sagte er.

Ich versuchte, Debbie anzulächeln, aber es wirkte ziemlich gequält. »Na ja. Momentan ist alles ein bisschen komisch. Ich komme mir vor wie ein Alien.« Scheiße, ich bekam schon wieder feuchte Augen. Ich wurde langsam wie ein alter Köter, der sich freute, wenn er mal gestreichelt wird.

Debbie lächelte mich an, und ich hätte am liebsten einen Luftsprung gemacht. »Bist auch ziemlich blass«, sagte sie. »Kommst wohl nicht genug ans Licht.« Sie lachte so ansteckend, dass ich mitlachte. Sie schien sich echt zu freuen, mich zu sehen.

»Ich wusste nicht, ob ich dich anrufen kann«, sagte sie. »Ich dachte, du hast vielleicht schon genug um die Ohren. Und wir waren ja bisher nicht die besten Kumpels.«

Gerade wollte ich sagen: Für dich habe ich immer Zeit, oder einen ähnlich dämlichen Spruch, da sah ich hinter ihr Schädel und ein paar White Boyz auftauchen. Sie bauten sich drohend vor uns auf. »Ey, du Jude. Wenn dir dein Leben lieb ist, dann verpisst du dich von unserem deutschen Schulhof«, sagte Schädel.

Fetcher rückte lachend von mir weg und machte mit seinen Zeigefingern das Kreuzzeichen. »Weiche von mir, Jesusmörder!«

Dann guckte er Schädel an und sagte: »Und was bist du für einer? Du gehörst bestimmt dem Glauben der haarlosen Deppen an.«

Schädel glotzte mit offenem Maul. Schädel Widerworte zu geben, hatte sich noch keiner von diesen Losertypen getraut. Bei dieser Übermacht war das entweder mutig oder dumm von Fetcher. Oder beides. Schädel ballte die Fäuste. »Du hältst dich da raus. Das geht dich gar nichts an, du Psycho.«

Fetcher erhob sich und baute sich vor Schädel auf. Er war kleiner und schmaler als Schädel. Die anderen stachelten ihn an. »Hau den Spasti um, Schädel«, sagte einer. Aber Schädel war vorsichtig, falls die Gerüchte über Fetcher stimmten, würde er vor seinen Kameraden ziemlich blöd aussehen.

»Haut jetzt ab, sonst hole ich die Pausenaufsicht«, sagte Debbie entschlossen und schob sich zwischen die beiden. Sie stierten sich noch eine Weile über Debbies Schulter hinweg an, dann spuckte Schädel in meine Richtung und sagte: »Wir erwischen dich schon noch ohne deine Babysitter, du Arschgeige. Und du, Debbie, pass lieber auf, mit wem du dich abgibst. Das wird Ronny gar nicht gefallen.«

Mit Gedröhn stiefelten sie übers Schulhofpflaster, als wäre das ein Exerzierplatz.

»Die müssen doch wahnsinnig stinken in ihren Plastikjacken, bei der Hitze«, sagte Fetcher.

»Schweine fühlen sich eben nur im größten Dreck wohl.«

»Die Hitze entweicht über den kahlen Kopf«, sagte ich. »Aber vorher kocht sie ihnen noch das Hirn weich.«

»Außerdem mögen die das, wenn sie richtig stinken«, bemerkte Debbie.

Wir lachten. Ich fühlte mich richtig gut, als ich mit den beiden ins Schulgebäude ging.

# 10

Wir saßen aufgeregt vor der Glotze. Der Alte hatte sein fünftes Bier am Hals. Nora nippte an ihrem Sekt, während Dennis eine nach der anderen qualmte. Ganz schön aufregend, unsere Fratzen gleich im Fernsehen zu sehen. Allerdings hätte ich mir eher gewünscht, es wäre als Schauspieler in »Terminator«. Ich wäre der, der immer den Sarg hinter sich herzieht und alle mit dem Magmaphaser umpustet. Als Erstes Ronny, dann Schädel und noch ein paar andere.

Jetzt kam unser Beitrag. Hinter der Fernsehtusse war ein Foto von mir zu sehen. Zwar hatten sie mir einen Balken vor die Augen geklebt, aber den hätten sie auch weglassen können. Ich war ohne weiteres zu erkennen.

Dann ging es los: eine Autofahrt durch unsere Siedlung und Andys Stimme aus dem Off: »In diesem Viertel leben gestrandete Existenzen, deren Dasein aus Erinnerungen an bessere Tage und dem Gang zum Supermarkt besteht, wo sie sich mit billigem Bier eindecken.« Dann kam unser Block. Davor lungerten ein paar Besoffene rum, ein paar Glatzen latschten vorbei, darunter Schädel.

Die Kamera zeigte Müllhaufen, eingeschlagene Fenster, Graffitis. Man hatte den Eindruck, das Ganze wäre in irgendeinem Slum in der Dritten Welt gedreht worden. So schlimm war es eigentlich nicht. Sie hatten einfach die beschissensten Ecken gefilmt.

Dann war Andy zu sehen, wie er vor unserer Wohnungstür stand. Die Kamera zeigte noch schnell die zerbrochene Glühbirne in der Lampenfassung und die Graffitis an der Tür. Dann ging die Tür auf, der Alte stand da, und die Kamera folgte ihm ins Wohnzimmer. Wir sahen uns selber im Wohnzimmer sitzen. Das war ziemlich irre. Als ob wir eine Parallelexistenz führen würden, oder so was. Und dann kam das Interview mit dem Alten. Aber es war völlig anders.

Im Original hatte der Alte gesagt: »Wir haben dieses Land aufgebaut. Diese Hände haben dazu beigetragen. Und jetzt geht alles den Bach runter.«

Und Andy hatte das Ganze umgedreht: »Jetzt geht alles den Bach runter.« Dann die erhobenen Hände des Alten. »Diese Hände haben dazu beigetragen.« Und anschließend eine Szene, wo er sich die Augen rieb. Sei es aus Müdigkeit oder was auch immer. Aber bei Andy sah es aus, als ob der Alte sich ein paar Tränen wegwischen würde. Dennis kam kurz ins Bild und sah aus wie ein Gorilla auf Klebstoff.

Dann war ich zu sehen, mit fletschenden Zähnen, so als würde ich mir in Gedanken schon die nächste Oma aussuchen, der ich eins überbraten könnte. Die Einzige, die gut wegkam, war natürlich Nora.

Überflüssigerweise hatte Andy auch noch ein paar alte Leute aus der Nachbarschaft vor die Kamera gezerrt. Die blinzelten wie Maulwürfe und sagten Sätze wie: »Das ist der größte Gauner in der ganzen Siedlung« oder »Jeder hier hat Angst vor dem Jungen. Wird Zeit, dass sie den einsperren.«

Die hatten mich garantiert mit Ronny oder so einem Arschloch verwechselt. Ich hatte noch nie einem von den alten Leutchen was getan.

Zum Schluss trat noch ein Jugendpsychologe mit dem dämlichen Namen Hungerbühler auf. Er schwafelte was über die verlorene Generation und dass für solche Früchtchen wie mich alles zu spät wäre.

»Was war das denn?«, fragte ich. Mir war ganz komisch.

»Dieses miese Arschloch!«, schimpfte Nora.

Der Alte war auf Hundertachtzig. Nur Dennis blieb ruhig.

»Ich rufe den Kerl an«, rief der Alte plötzlich und sprang auf. »Das kann der nicht mit uns machen.« Er wählte mit zittrigen Fingern und drückte vor Aufregung die falschen Tasten. Nora musste für ihn wählen. Aber natürlich ging keiner ran, weil der schlaue Andy sein Handy ausgestellt hatte. Und wenn er besonders clever war, hatte er längst eine neue Nummer.

Nora wollte den Sender anrufen und sich beschweren. Der Alte machte sich noch ein Bier auf und saß auf dem Sofa. So fertig hatte ich ihn lange nicht gesehen, und das kam nicht vom Bier.

Ich verpisste mich in mein Zimmer und hörte Musik. Mein Leben war ein Minenfeld geworden, und bei jedem Schritt konnte ich in die Luft fliegen. Otter wollte mich in den Knast bringen, die White Boyz wollten mir aufs Maul hauen, meine Kumpels wollten nichts mehr mit mir zu tun haben und die Nachbarschaft hasste mich. Was sollte ich also machen? Da kam mir auf einmal eine Idee. Wie aus dem Nichts tauchte sie auf. Und sie war so simpel, dass es mir den Atem verschlug: Ich würde den Mörder einfach selber fangen. Sicher, dachte ich, das wird nicht unbedingt einfach, aber wenn solche Luschen wie Otter das nicht schaffen, dann muss ich mich eben selbst aus der Scheiße holen. Aber wo sollte ich anfangen? Als Erstes brauchte ich einen Verbündeten, überlegte ich. Blöderweise fiel mir nur Fetcher ein. Aber je länger ich darüber nachdachte, desto besser gefiel mir die Idee. Fetcher war clever, und als ich ihm am nächsten Tag davon erzählte, nickte er nur, als wäre es das Normalste auf der Welt, mit mir zusammen einen Mörder zu fangen.

Normalerweise hätte ich so einen wie Fetcher nie ins Boot geholt, aber er war jetzt mein Homie. Meine Gang sozusagen.

# 11

Nach der Schule gingen wir zu Fetcher. Auf dem Weg redete er die ganze Zeit. So kannte ich ihn gar nicht, aber ich hatte ja vorher eigentlich nichts mit ihm zu tun gehabt. Es ging um Violetta. Jedes Mal, wenn ich das Thema wechseln wollte, fing er wieder davon an. Mal ganz ehrlich, er war eine ganz schöne Quasselstrippe. Fast wie ein Mädchen.

Fetcher wohnte mit seinen Eltern nicht weit von der Französischen Kirche. Lauter Einfamilienhäuser. Alles schön gepflegt. Kein Müll auf den Wegen. Ich wusste gar nicht, dass es so was in Schwedt gab. In den Vorgärten standen ein paar Leute und harkten die Beete mit einem leeren Grinsen, als hätte man sie dahin gestellt und auf einen Knopf gedrückt, der das Programm »Harken« abspult.

Eine Frau am Fenster schüttelte ein Kissen aus und grüßte Fetcher freundlich. Keine zerbrochenen Scheiben, keine Autowracks. Überall wuchsen Bäume und nahmen einem die Sicht auf den Himmel. Was für eine seltsame Gegend. So was kannte ich nur aus dem Fernsehen.

Hoffentlich sind seine Eltern nicht da, dachte ich. Hätte mir noch gefehlt. Vor allem Fetchers Mutter wollte ich nicht treffen. Ich kannte solche Leute. Wenn die hören, wo du wohnst, gucken sie dich mitleidig an und drücken dir sofort ein Glas Milch und ein paar Kekse in die Hand. Und wenn sie ganz sozial drauf sind, kriegst du noch ein paar alte Klamotten. Und die Väter machen einen auf Kumpel, aber insgeheim haben sie Angst, dass du das Tafelsilber klaust. Ihre Tochter würden sie garantiert nicht mit einem von uns gehen lassen.

Fetchers Haus war aus Holz, mit großen Fenstern. Ein paar Bäume standen davor. Es sah irgendwie aus, als ob man hier gern nach Hause kommen würde. Irgendwie freundlich. Im Garten war es ein bisschen chaotisch. Überall lagen Gartengeräte rum und altes Laub.

»Arbeiten deine Eltern?«, fragte ich.

»Klar«, sagte er, als ob es das Normalste auf der Welt wäre.

»Und wann kommen sie nach Hause?«

»Na abends«, sagte er.

»Gut«, sagte ich nickend.

Fetchers Zimmer war im Keller und völlig merkwürdig. Alles war weiß gestrichen. Sieht ziemlich schwul aus, dachte ich und guckte Fetcher von der Seite an. Aber er hatte mir ja die ganze Zeit über von Violetta vorgeschwärmt. Die Möbel waren aus Plastik.

»Wundere dich nicht«, sagte Fetcher und kickte einen Stoffbären in die Ecke. »Meine Eltern sammeln so ein Zeug. Designer-Kram. Manchmal denke ich, ich wohne im Museum.«

Ein Ding sah aus wie ein riesiger platt gehauener Ball.

»Das ist ein Sessel. Man klappt ihn auf und setzt sich rein«, erklärte Fetcher.

»Sieht eher wie ein Folterinstrument aus.«

»Ich weiß auch nicht, was meine Eltern daran finden.«

»Was machen die denn so?«, fragte ich.

»Mein Vater ist Pressesprecher und meine Mutter ...«, er seufzte, »singt.«

»Was?«

»Na ja, nicht richtig«, druckste er rum, »sie spricht eher. Sie steht auf Rap und überhaupt auf Hip-Hop.«

Wollte der mich verarschen?

»Sie tritt manchmal auf und hat auch eine CD aufgenommen.«

»Sie tritt auf?«, fragte ich entgeistert.

»Ja, sie spielt hin und wieder in Berlin.«

»Guckst du dir das an?«

»Bist du verrückt?«, fragte er. »Würdest du so was angucken?«

Ich schüttelte den Kopf. »Wie alt ist denn deine Mutter?«

»38.«

Unglaublich, dass so alte Damen auf der Bühne rumgreisten und uns unsere Musik klauten. Ich stellte mir vor, wie mein Alter einen auf Hip-Hop machte. Darüber musste ich so lachen, dass ich mich verschluckte.

»So schlimm ist das jetzt auch wieder nicht«, sagte Fetcher und lachte ebenfalls.

Ich fuhr mit der Hand über die Tapete. Sie war mit kleinen Kügelchen beklebt. »Fühlt sich an wie die Tapeten bei uns zu Hause. Aber bei uns sind es Schimmelpilze!«, sagte ich zu Fetcher.

Er lachte.

Komisches Zimmer, dachte ich. Aber es passte zu ihm. Ich setzte mich vorsichtig auf einen Stuhl, während Fetcher unter das Bett kroch und dort herumkramte. Er fluchte. »Wer hat diesen Scheiß bloß hier druntergeschmissen. Man findet gar nichts wieder.« Ein Fußball kullerte unter dem Bett hervor. Dann flog ein Tennisschläger auf den Teppich. Strümpfe, ein kaputter Gummistiefel, ein Stofftier. Ich kickte den Ball ein bisschen rum und schoss dabei einen Stuhl um.

»Ich hab sie«, rief Fetcher und kroch wieder vor. Er war total eingestaubt und hielt einen kleinen Koffer in der Hand.

»Da unten liegt der Staub von Jahrhunderten. Yolanta muss da unbedingt mal sauber machen«, sagte er und klopfte sich den Schmutz ab.

»Deine Mutter heißt Yolanta?«

»Quatsch! Unsere Putzfrau.«

»Ach, eure Putzfrau. Und wie heißt eure Köchin?«

»Du Arschloch«, sagte er lachend. »Die heißt Roberta.«

»Ihr habt echt eine Köchin?«

»Und einen Chauffeur. Und einen Gärtner. Und mein Vater hat auch einen Bodyguard.« Fetcher grinste. »Quatsch, du Blödkopf. Wir haben nur eine Putzfrau. Hat doch fast jeder heutzutage.«

»Wir nicht«, sagte ich. »Wir putzen gar nicht. Das ist noch viel vornehmer.«

In dem Koffer war eine Geige.

»Was soll denn das jetzt?«, wollte ich wissen.

Statt einer Antwort klemmte sich Fetcher das Ding unters Kinn und ließ den Unterkiefer rotieren wie eine Kuh.

»Hör einfach zu und denk dabei nach«, sagte er und fing an, auf dem Ding rumzukratzen, dass es mir eiskalt den Rücken runterlief. »Das ist ja abartig«, rief ich und hielt mir die Ohren zu, aber die Töne schlüpften einfach durch meine

Finger und stachen mir in die Trommelfelle. »Fetcher, hör auf!«

Er ließ die Geige sinken. »Ja, die müsste mal gestimmt werden«, sagte er und zupfte die Saiten mit den Fingern. »Ich habe auch lange nicht gespielt.«

»Was soll der Scheiß, Mann?«

»Sherlock Holmes hat immer Geige gespielt, wenn ihm nichts eingefallen ist. Musik schult das logische Denken.«

»Dann mach lieber Bushido an.«

»Wen?«, fragte er.

Wenn es um Hip-Hop ging, hätte ich wohl lieber seine Mutter fragen sollen. Ich fragte mich, ob Fetcher wirklich der Beste für den Job war.

»Okay!«, meinte ich. »Hat Sherlock nicht auch Pfeife geraucht? Vielleicht solltest du das machen, ist leiser.«

»Davon wird mir schlecht«, sagte Fetcher, packte die Geige ein und zuckte mit den Achseln.

»Wenn wir einen Verdächtigen hätten, bräuchtest du ihm nur was vorzuspielen. Der würde alles gestehen«, lachte ich.

Wir überlegten den ganzen Nachmittag, wie wir einen Mörder fangen sollten, von dem wir überhaupt nichts wussten. Fetcher kam auf die Idee, Plakate zu machen und in der Siedlung aufzuhängen. »Wir zahlen jedem 100 Euro, der uns einen Hinweis liefert.«

»Ach, und woher nehmen wir die Kohle?«

»Die kriegen wir schon zusammen.«

»Wir sind doch nicht die Bullen. Ich weiß nicht, klingt irgendwie albern.«

Fetcher seufzte. »Wir beobachten den Tatort. Der Mörder kommt immer wieder dahin zurück.«

»Ich weiß nicht«, meinte ich.

»Dann müssen wir eben noch mal an die Nachbarn ran. Und wir durchsuchen die Wohnung von Frau Neuhaus«, schlug Fetcher vor.

»Bist du verrückt? Wie stellst du dir das vor? Die Nachbarn erschlagen mich, und die Wohnung ist versiegelt. Vielleicht wird sie sogar von den Bullen überwacht.«

»Die Nachbarn könnte ich übernehmen. Mich kennt da keiner«, sagte er. »Und die Wohnung nehmen wir uns mal nachts vor.« Fetcher musste wirklich in der Klapse gewesen sein.

»Was glaubst du, was wohl passiert, wenn da so ein Typ rumschnüffelt und die Nachbarn nervt?«

Er zuckte mit den Schultern. »Weißt du was Besseres?«

»Nee!« Fetchers Ideen waren zwar dämlich, aber leider alles, was wir hatten. Plötzlich sprang er auf und verschwand aus dem Zimmer. Nach ein paar Minuten kam er mit einem Stapel Bücher zurück. »Krimis!«, rief er. »Mein Vater haut die weg wie Gummibärchen. Wir lesen jeder ein paar, und dann ...«

Ich verzog das Gesicht.

»Was ist denn?«, fragte er. »Gefällt dir die Idee nicht?«

»Ich hab keine Zeit, Scheiß-Bücher zu lesen. Ich bin der Verdächtige.«

»Trotzdem. Jeder nimmt sich ein paar und liest vor dem Schlafengehen. Du musst es ja nicht Wort für Wort lesen. Du überfliegst es einfach. Und wenn dir was auffällt, liest du es genauer.«

»Ja, ja!«

Fetcher stützte den Kopf in die Hand und trommelte mit

der anderen auf den Tisch. »Was hältst du davon, wenn wir meinen Vater fragen? Vielleicht hat er einen Tipp für uns.«

»Lass bloß deinen Alten aus dem Spiel.«

»Du machst es einem echt nicht leicht«, sagte er. »An allem hast du was auszusetzen.«

»Dann mach doch mal einen vernünftigen Vorschlag.«

»Wir könnten ein paar Krimis gucken, statt zu lesen. Mein Vater hat eine ganze Sammlung auf DVD. Französische Krimis aus den Sechzigern. Ist doch besser als rumsitzen«, sagte er, als er mein enttäuschtes Gesicht bemerkte. Aber mir fiel auch nichts ein, da konnten wir genauso gut fernsehen.

Wir gingen nach oben, und ich haute mich aufs Sofa, während Fetcher uns was zu trinken holte.

Der erste Film hieß »Das Quadrat der Wahrheit«. Der Mörder war ein unscheinbarer Briefträger, der einsame Frauen heiratete und sie umbrachte, um dann ihr Geld auf den Kopf zu hauen. Der größte Teil des Films bestand aus dem Gequatsche zwischen einem Priester und dem Mörder in der Todeszelle. Auf dem Cover stand »Eine Reflektion über Schuld und Sühne«. Ich hätte eher »Ödes Gelaber ohne Action« auf die Hülle geschrieben. Wir spulten vor, aber der Film wurde nicht besser. Den zweiten Streifen machten wir nach ein paar Minuten aus. Der war noch schlimmer.

»Okay, es war einen Versuch wert«, sagte ich, um Fetcher aufzubauen, der ziemlich geknickt aussah. Immerhin hatte er Ideen gehabt, im Gegensatz zu mir.

»Wir brauchen Hilfe. Wir brauchen ein Mädchen«, sprudelte er los und kam richtig in Fahrt. »Die kommen manchmal auf andere Gedanken als Jungs. Die ticken anders.«

»Ich weiß keine Frau«, sagte ich.

»Aber ich weiß eine.«

»Violetta, nehme ich an.«

»Auf die Idee bin ich gar nicht gekommen. Ich dachte eigentlich an eine andere. Eine, die dir nahe steht.«

»Wer soll das denn sein? Meine Schwester?«, wollte ich wissen.

»Tu nicht so, du weißt genau, wen ich meine. Debbie! Die steht doch auf dich.«

»Du bist ja nicht ganz sauber!« Ausgerechnet Debbie. Wie kam er denn auf die?

Er lachte. »Und du stehst auf sie. Das sieht man doch. So wie ihr euch anhimmelt.«

»Du Arschloch! Sie ist nur ein Mädchen, das ich kenne, weil sie im selben Block wohnt.«

Er grinste.

»Ehrlich.«

»Wenn du meinst«, sagte er nur, aber ich sah, dass er mir nicht glaubte. Und eigentlich glaubte ich mir ja selbst nicht.

»Gut, Debbie ist ziemlich tough und so, aber die macht bestimmt nicht mit.«

»Frag sie doch einfach«, meinte Fetcher.

»Ich weiß nicht. Was soll die denn machen? Die weiß doch genauso wenig wie wir.«

Klar, Debbie hatte was drauf, aber trotzdem wusste ich nicht, wie sie mir helfen sollte. Ich war mir ja nicht mal sicher, ob sie wirklich auf meiner Seite stand. Sie schimpfte zwar auf Ronny, aber immerhin hatte sie mal mit ihm geknutscht.

»Ich muss drüber schlafen«, sagte ich und wechselte das Thema.

»Meinst du wirklich, dass sie auf mich steht?«, fragte ich nach einer Weile.

Fetcher lachte. »Das ist doch wohl eindeutig.«

Auf dem Nachhauseweg ging mir die Geschichte nicht aus dem Kopf. Vielleicht hatte Fetcher ja recht, und was würde ich schon verlieren, wenn ich Debbie fragte? Außerdem wüsste ich dann, woran ich bei ihr war. Aber es war verdammt schwer, sie um Hilfe zu bitten. Sie war so ein stolzes Mädchen.

Zu Hause war mal wieder dicke Luft. Der Alte war besoffen und rannte schimpfend durch die Wohnung. Nora quatschte auf ihn ein. »Papa, jetzt komm mal wieder runter. Bringt doch nichts, den zu verklagen.«

»Papa hat endlich diesen schleimigen Fatzke vom Fernsehen erwischt«, sagte Nora, als sie mich sah.

»Echt?«, fragte ich überrascht.

Respekt! Der Alte würde noch zur Hochform auflaufen, wenn die Geschichte noch länger dauerte. Und er war auch nicht besoffen, wie ich anfangs dachte. Er war einfach nur wütend, so wütend, wie ich ihn noch nie erlebt hatte. Er konnte jeden Moment hochgehen, wie ein alter Heizkessel.

»Dieses Dreckschwein«, schimpfte der Alte. »Ich rufe meinen Anwalt an. Das Arschloch wird schon noch merken, mit wem er sich angelegt hat.«

Der Alte rannte den Flur auf und ab, wie eine Maus im Käfig. Wenn das so weiterging, würde er eine Vertiefung ins Laminat latschen.

Ich verschwand in meinem Zimmer. Es roch ziemlich muffig, ich hatte seit Tagen nicht gelüftet und die Vorhänge waren seit Tagen zu, aber so fühlte ich mich sicherer. Ich setzte mir die Kopfhörer auf und hörte Eko Fresh. Die Bässe hopsten in meinem Magen, die Beats klirrten in meinen Ohren, aber das war genau das Richtige. Die Musik spülte mich weg, weit weg. Zwischen zwei Songs hörte ich das Telefon klingeln, dann klopfte es an meine Tür.

»Das ist Otter. Er will mit dir sprechen«, sagte Nora.

»Was will er denn? Will er mich telefonisch verhaften?«

»Frag ihn doch selbst. Komm schon.«

»Bring es doch her.«

»Hol es dir selber.«

Ich ging extra langsam in die Diele. Vielleicht hatte Otter ja aufgelegt, bis ich da war, hoffte ich.

»Hallo?«

Ich beschloss, nichts zu sagen, nur ein bisschen zu schnaufen.

»Alex, bist du dran? Hör zu. Wir haben auch in andere Richtungen ermittelt. Da kommt nichts bei raus.« Seine Stimme klang unendlich müde, so als ob ihm kurz vorm Schlafengehen noch eingefallen wäre, mich mal eben anzurufen und mich zu einem Geständnis zu überreden.

»Ich möchte, dass du noch mal über alles nachdenkst. Es wird nicht so schlimm werden. Und früher oder später musst du die Verantwortung übernehmen.« Blablabla.

Mensch, Otter! Das ist dein Abschied von der Realität, dachte ich.

»Ich wusste gar nicht, dass Sie einen Zweitjob bei der Telefonseelsorge haben«, sagte ich.

»Hör doch mit deinen blöden Witzen auf. Irgendwann kannst du wieder in dein altes Leben zurück.«

In mein altes Leben zurück? Zurück zu Schädel und zu den anderen Schwachköpfen?, ging es mir durch den Kopf. Ich war mir nicht sicher, ob ich das noch wollte.

»Ich komme übermorgen mal bei euch vorbei, dann können wir uns unterhalten«, sagte Otter.

»Ich habe Frau Neuhaus nichts getan«, sagte ich und wollte den Hörer aufknallen, da sprang der Alte dazu und riss ihn mir aus der Hand.

»Otter, hören Sie mal! Der Kerl vom Fernsehen hat uns eingeseift.« Ich hörte Otter am anderen Ende lachen. »Das ist nicht witzig.« Der Alte war weiß vor Wut. »Dieser Stinker hat uns wie eine Bande asozialer ...«

Den Rest bekam ich nicht mehr mit. Ich hörte lieber noch ein bisschen Eko.

# 12

Am nächsten Tag hielt ich auf dem Schulhof Ausschau nach Debbie. Sie drehte mit ihren Freundinnen eine Runde nach der anderen. Sie rauchten und schnatterten dabei wie aufgeregte Gänse.

»Jetzt geh schon«, sagte Fetcher und schob mich in ihre Richtung. »Sag, dass du sie allein sprechen willst.«

Ich ließ sie noch drei Runden drehen, bevor ich mich endlich traute.

»Debbie, kann ich dich mal sprechen?« Ich kratzte mich wie ein Affe am Kopf. Mir war auf einmal heiß, obwohl ein kühler Wind ging.

Ihre Freundinnen kicherten wie bekifft. Zum Glück machte Debbie keine große Sache draus. Sie zog mich hinter sich her in eine ruhige Ecke. Da stand ich dann vor ihr, sie guckte mich neugierig an, und ich wusste nicht, wie ich anfangen sollte.

Ich hatte Schiss, die Sache zu vermasseln.

Sollte ich vielleicht sagen: Hilfst du mir, den Mörder von Frau Neuhaus zu finden? Das klang echt blöd. So redete man nicht mal im Film und schon gar nicht mit einem Mädchen. Am Ende sagte ich aber genau das, weil mir nichts Besseres einfiel und weil ich ziemlich nervös war und Debbie mich mit ihren meergrünen Augen so fragend anguckte.

Eine ganze Weile antwortete sie nicht, und ich dachte, sie würde die Idee albern finden und mich auslachen, da sagte sie: »Ja!«

»Ja?«, fragte ich. »Ja, was?«

»Das ist 'ne wirklich gute Idee«, sagte sie, als hätte ich sie gerade ins Kino eingeladen. »Von den Bullen kommt ja wohl nix. Und was willst du sonst auch machen?«

»Prima!«, sagte ich und wusste nicht mehr weiter. Wir standen noch eine Weile unschlüssig voreinander rum, bis Debbie sagte: »Ich gehe jetzt.«

»Gut«, sagte ich und wusste nicht weiter.

»Treffen wir uns nach der Schule?«, fragte sie.

Ich hatte einen trockenen Mund und machte ein schmatzendes Geräusch, als ich ihr antwortete.

»Treffen?«, fragte ich wie ein Idiot, als wäre mir das nie in den Sinn gekommen.

»Ja, wir müssen uns doch überlegen, wie wir vorgehen.«

»Ja, wir treffen uns nach der Schule und überlegen, wie wir vorgehen.«

Was redete ich denn bloß, dachte ich und wäre am liebsten im Boden versunken.

»Ich muss jetzt rein«, sagte sie, nickte mir zu und ließ mich stehen.

»Bis später«, sagte ich, aber da war sie längst außer Hörweite.

Ich drehte mich zu Fetcher um, der mich extrem breit angrinste, als hätte er eine Maulsperre. Echt, am liebsten hätte ich ihm ...

Fetcher kritzelte auf einem Blatt Papier rum. »Rekonstruktionsskizze« stand oben. Und darunter war eine Zeichnung vom Wohnhaus von Frau Neuhaus. Alles ordentlich mit Zirkel und Lineal gezeichnet. Das Strichmännchen X war Frau Neuhaus und ich war Y. Fetcher hatte sogar den mickrigen Baum vor dem Haus eingezeichnet.

»Der steht in Wirklichkeit aber weiter links«, sagte ich, um ihn ein bisschen zu ärgern.

Fetcher sah mich böse an.

»Schon gut«, sagte ich und ließ ihn weitermalen. Kleine Striche, die wie Ameisenkacke aussahen, markierten die Richtung, aus der ich gekommen war. Debbie und ich sahen uns an. Sie verdrehte die Augen.

»So. Jetzt musst du dich genau erinnern, was Frau Neuhaus zu dir gesagt hat und was du ihr geantwortet hast. Wir brauchen den genauen Wortlaut«, sagte Fetcher, als er fertig war.

Ich verbog mir die Hirnwindungen, aber als ich Debbies spöttisches Gesicht sah, wurde es mir zu blöd. »Ist das hier ein Quiz, oder wie?«

Fetcher ließ den Stift sinken. »Wir versuchen, den Tathergang nachzustellen. Oder hast du eine bessere Idee?«

»Ich weiß nicht mehr, was ich gesagt habe.«

»Dann denk nach«, sagte er.

Debbie saß auf meinem Bett und fuhr mit dem Finger die Linien auf meiner Bettwäsche nach.

»Da steht die Lösung nicht geschrieben«, machte ich sie an. Ich war sauer, weil wir die Zeit mit so viel Quatsch verschwendeten.

»Mensch, Alex. Ich kann doch auch nichts dafür«, sagte sie ruhig.

»Wenn wir bloß einen Zeugen hätten«, sagte Fetcher.

»Wen denn?«, fragte ich

Fetcher hob die Schultern.

»Die Nachbarin, die alte Müller«, warf Debbie ein.

»Vergiss es. Die ist doch nicht mehr zurechnungsfähig.«

»Und wenn wir deinen Polizisten fragen, diesen Otter?«, fragte Fetcher.

»Das ist nicht mein Polizist. Der will mich doch nur linken.«

»Aber wenn wir hingehen, sieht er, dass du Interesse hast, den Mörder zu suchen. Dann kannst du es ja nicht selbst gewesen sein.«

»Debbie hat recht«, sagte Fetcher.

»Ich denk drüber nach.«

»Wie wäre es, wenn wir in der Zwischenzeit schwimmen gingen?«, fragte Fetcher.

»Schwimmen gingen?« Mensch, Fetcher, das war ja reinstes Mittelalterdeutsch. Aber er hatte recht. Also fuhren wir mit den Rädern raus zum See. Es war ein heißer Tag mit einer giftig-glühenden Sonne. Das Gras war braun und verbrannt. Ständig blieben wir mit den Reifen im Sand stecken. Ich kam mir vor wie in der sibirischen Steppe, die uns Frau Scharnweber mal im Film gezeigt hatte. Statt Rentieren flitzten bei uns allerdings nur magere Karnickel rum. Wurde Zeit, mal wieder mit Opas Flinte rauszugehen. Debbie saß auf meinem Gepäckträger und hielt sich an meiner Hüfte fest. Fetcher erzählte schlechte Witze ohne Pointe und brachte uns damit zum Lachen. »Hör auf zu wackeln«, sagte ich lachend zu Debbie, da lagen wir schon im Sand. Das letzte Stück zum See schoben wir die Räder. Schon vor der

Kurve, bevor der See hinter den Bäumen auftauchte, hörten wir Gelächter und Gejohle. Es platschte, wenn die Leute ins Wasser sprangen.

Der See lag in der prallen Sonne und blendete uns wie ein riesiger Spiegel. Vorn an der Eisbude standen die Deppen in der prallen Sonne und schwitzten vor sich hin. Weiter hinten sah ich Ratte. Ich wollte ihm gerade zuwinken, da entdeckte ich Schädel, der die kreischende Josefine ins Wasser zerrte. Ein Stück abseits stand Ronny und guckte den beiden zu. Jetzt fiel mir auch Marcel auf und die anderen. Sie lümmelten alle an der Badestelle rum wie eine Horde Nilpferde und schienen verdammt viel Spaß zu haben. Piet hatte sein Skateboard dabei und versuchte, im flachen Wasser zu surfen, wobei er lachte wie ein Irrer. Er war total bekifft.

Kiki blätterte in einer Illustrierten und ließ sich von Mandy gerade eine Zigarette reichen.

Verdammt, unter anderen Umständen wäre ich dabei gewesen, und auch Debbie. Aber dann fiel mir ein, wie sie mich behandelt hatten, und ich hätte kotzen können.

Ronnys Tätowierungen leuchteten in der Sonne. Er hatte einen riesigen Teufel mit Stinkefinger auf dem Rücken. Darunter, in altdeutscher Schrift, »White Boyz«. Auf dem rechten Oberarm hatte er mal ein Hakenkreuz gehabt, aber das Gericht hatte ihn verknackt, es wegmachen zu lassen. Er hatte sich dann eine Südstaaten-Flagge darüber tätowieren lassen. Auf seinem linken Arm war »88« tätowiert, was in der Szene für »Heil Hitler« steht. Auf Ronnys Bauch, kurz über dem Schwanz, stand in altdeutscher Schrift »Combat Fighter«. Ronny winkte Schädel ran, legte ihm einen Arm um die Schulter und drückte ihm ein Bier in die Hand. Schädel sah aus, als würde er vor Dankbarkeit gleich anfangen zu sabbern. Dass Ronny Schädel wieder rumgekriegt hatte, wunderte mich immer noch. Debbie hatte denselben Gedanken. »Möchte wissen, was der mit Schädel angestellt hat. Der frisst ihm ja aus der Hand.«

»Lasst uns eine ruhigere Ecke suchen«, sagte Fetcher.

»Ich kenne eine Stelle auf der anderen Seite, da ist man für sich«, sagte Debbie, und ich fragte mich, ob sie mit Ronny da gewesen war.

Die Stelle war total versteckt. Man musste eine Weile quer durch den Wald latschen, dann kam eine kleine Badestelle, wo wir ganz für uns waren.

Debbie kam im Bikini aus dem Gebüsch, hinter dem sie sich umgezogen hatte. Sie sah toll aus. Ich musste mir auf die Lippen beißen, um nicht was Peinliches vor Fetcher zu sagen.

Debbie ging zuerst ins Wasser. Fetcher und ich steckten erst mal unsere Zehen rein. Es war ziemlich kalt.

»Los, kommt rein, ihr Mädchen«, rief Debbie uns zu. Fetcher und ich tasteten uns durch den Schlamm und die Pflanzen, das kalte Wasser kroch mir die Waden hoch. Irgendwas Schleimiges streifte mein Bein, und ich hüpfte wieder an Land. Ich schubste Fetcher, der sich nicht weitertraute. Mit den Armen rudernd, platschte er kopfüber ins Wasser. Debbie und ich lachten. Hustend kam er wieder hoch und stürmte auf mich zu. Ich hechtete mit einem Kopfsprung an ihm vorbei und paddelte mühsam Debbie entgegen. Bloß nicht den Boden unter den Füßen verlieren, dachte ich. Das war meine größte Angst. Scheiße, warum hatte ich auch nie schwimmen gelernt?

Trotzdem machte es Spaß. Ich hatte das Gefühl, den ganzen Dreck der letzten Tage abzuwaschen. Ich fühlte mich richtig gut, bis ich plötzlich eine Ladung Schlamm ins Gesicht kriegte. Ich hustete und spuckte, pulte mir das stinkende Zeug aus der Nase und den Ohren. Fetcher stand lachend da, die Hände voller Schlamm. Ich wühlte auf dem schleimigen Boden herum, griff mir Schlamm, tote Blätter und jagte hinter Fetcher her, der ins Tiefe schwamm, wo ich nicht hinkam. Fluchend warf ich meine Ladung in seine Richtung. Fetcher lachte. Ich wollte mich gerade zu Debbie umdrehen, da rieb sie mir eine Handvoll Schlamm ins Gesicht. Scheiße, war das eklig! Fluchend jagte ich hinter ihr her und bekam ihren Arm zu fassen. Sie versuchte, sich kreischend frei zu strampeln, aber ich hielt sie fest und tauchte sie ein paar Mal unter. Als sie genug geschluckt hatte, drehte ich mich zu Fetcher um. Da sprang mir Debbie auf den Rücken, und ich fiel kopfüber ins Wasser, wobei ich den halben Teich schluckte. Wir balgten uns wie die Hundewelpen. Fetcher schwamm auf den See raus. Sein Kopf war bald nur noch als braune Kugel zu erkennen.

Debbie und ich tobten noch ein bisschen rum, bis wir uns nebeneinander ans Ufer setzten und aufs Wasser sahen. Ich beobachtete sie aus dem Augenwinkel. Aus ihren nassen Haaren kullerten ein paar Wassertropfen auf ihr Gesicht und liefen ihr die Wangen runter. Ich sah ihre verblassten Sommersprossen. Als Kind hatte sie jede Menge davon. Sie war total mager gewesen und hatte diese Dinger im Gesicht. Wir nannten sie immer »Fliegenschiss«, wofür sie einem so lange an den Haaren zog, bis man sich entschuldigte. Jetzt saß sie mit angezogenen Beinen da und guckte mich an. Ich schwitzte. Scheiße, sie war doch mein Kumpel. Wir kannten uns von klein auf. Wir waren in derselben Siedlung aufgewachsen. Unsere Eltern waren sogar befreundet, bis Mama starb und der Alte nicht mehr auf die Beine kam. Zur Beerdigung waren ihre Eltern noch gekommen, danach nicht mehr. Aber ich nahm es ihnen nicht übel. Die waren genauso überfordert gewesen wie die anderen Eltern, die ich kannte. Bald war ihr Vater arbeitslos geworden, ihre Mutter hatte auf einmal einen anderen Mann und Debbie hatte alles abgekriegt. Mein Alter hatte da schon längst neue Freunde. Die saßen bei uns in der Bude und ließen sich volllaufen.

Das ging mir alles durch den Kopf, als ich neben Debbie saß und wir uns in Zeitlupe aufeinander zu bewegten. Und dann berührten sich unsere Lippen, und mir wurde abwechselnd heiß und kalt. Ihre Zunge schob sich sachte in meinen Mund. Wie aneinander festgeklebt, blieben wir eine Weile so sitzen und knutschten, bis ich sie fragte: »Hast du das von Ronny gelernt?« Scheiße, durchfuhr es mich im selben Moment. Wie konnte ich ausgerechnet jetzt so eine idiotische Frage stellen? Debbie rückte von mir weg. Als ich ihre Schulter berührte, schob sie meine Hand weg. Ich versuchte, das Thema zu wechseln. »Woher kennst du die Stelle hier?«

»Hat mir Ronny gezeigt. Das wolltest du doch hören.«

Ich schüttelte den Kopf. »Nee, ich habe mich nur gefragt, was zwischen Ronny und dir war.«

Sie sah mich an.

»Na, ich meine, du hast doch mal mit ihm rumgemacht.«

»Was geht das dich an?«, sagte sie kühl.

»War blöd von mir«, versuchte ich, mich zu entschuldigen.

Sie nickte.

Ich starrte aufs Wasser und versuchte, Fetcher zu entdecken. Er war nicht zu sehen. »Wo ist er denn hin?«

»Da hinten«, rief Debbie. Ich folgte ihrem Finger mit den Augen. Fetcher war auf der anderen Seite und stieg gerade wieder ins Wasser. Wir winkten ihm, aber er sah uns nicht.

Ich hätte Debbie gern gesagt, dass es mir leidtat und dass es mich ja wirklich nichts anging, aber ich brachte es nicht über mich. Also schwiegen wir, bis Fetcher aus dem Wasser stieg.

»Na, wie war es so allein? Habt ihr euch gefürchtet?« Er grinste und schüttelte sich, dass die Tropfen in alle Richtungen flogen.

»Was hast du denn da drüben gemacht?«

Er grinste noch mehr. »Ich habe ein bisschen rumgeschnüffelt. Recherchiert. Und außerdem dachte ich, ich lasse euch mal ein bisschen allein.«

»Das war eine tolle Idee, Fetcher«, seufzte Debbie.

»Ja, super«, sagte ich und vermied es, Debbie anzugucken.

Fetcher sah verwirrt von einem zum anderen. »Man kann euch keine fünf Minuten allein lassen«, sagte er. »Also, wollt ihr trotzdem hören, was ich drüben gemacht habe?«

»Natürlich!«, riefen Debbie und ich gleichzeitig. Wir sahen uns an und lachten.

»Ich habe mich an der Würstchenbude ein bisschen umgehorcht.«

»An der Würstchenbude?«, fragte ich überrascht.

»Hast du was rausgekriegt?«, wollte Debbie wissen.

Fetcher hockte sich vor uns hin, stützte sich mit einer Hand auf dem Boden ab und sagte: »Ich hab die Leute in ein Gespräch verwickelt. Hab gesagt: Schönes Wetter heute und so ’n Kram. Manche freuen sich richtig, wenn sie mal angesprochen werden. Vor allem die Älteren.«

»Komm zur Sache«, rief ich.

»Ich habe mich vor allem auf die älteren Frauen gestürzt. Ich dachte, vielleicht kannte die eine oder andere Frau Neuhaus.«

»Und?«

»Ich hab eine getroffen, die Frau Neuhaus kannte, und die hat mir erzählt, dass die alte Frau Ärger mit ihrer Tochter hatte.« Er sah uns erwartungsvoll an.

»Und das ist alles? Dass Frau Neuhaus Stress mit ihrer Tochter hatte? Wer hat nicht mal Stress mit seinen Alten?«, fragte ich stöhnend.

»Die meisten Taten sind Beziehungstaten«, sagte Fetcher. »Das heißt: Täter und Opfer kennen sich. Und wisst ihr auch, warum Frau Neuhaus und ihre Tochter Stress hatten? Wegen Geld«, sagte Fetcher, ohne unsere Antwort abzuwarten.

»Na und? Ich hab ständig Stress mit meinem Alten deswegen«, rief ich.

»Ich auch«, sagte Debbie.

»Frau Neuhaus’ Tochter ist aber über vierzig und verheiratet. Vielleicht gab es ja Streit wegen Geld, und dann hat sie ihrer Mutter eins übergebraten. Es muss ja nicht geplant gewesen sein. Vielleicht hat die Mutter angefangen zu streiten, die Tochter hat sie geschubst, die Mutter ist unglücklich gestürzt, und zack.« Er schlug sich mit der Faust in die Handfläche.

»Das ist doch nur Theorie. Wem nützt das was? Soll ich Otter anrufen und sagen, die Tochter hat ihre Mutter geschubst?«, fragte ich.

»Wenn du so schlau bist, dann find doch selbst was raus.«

Himmelherrgott, jetzt war auch noch Fetcher beleidigt. Ich hatte echt ein unglaubliches Talent, Leute vor den Kopf zu stoßen.

»Aus der Wohnung wurde Schmuck geklaut. Der war in einer Geldkassette unter der Badewanne versteckt. Ein gewöhnlicher Dieb durchwühlt die Schränke. Aber der guckt nicht unter die Badewanne. Diesen Aspekt hat die Polizei gar nicht bedacht.«

»Fetcher, jeder Profidieb weiß, wo er suchen muss. Das ist kein außergewöhnliches Versteck unter der Badewanne«, sagte ich seufzend.

»Woher weißt du denn so was?«, fragte er herausfordernd.

»Hört auf damit«, mischte sich Debbie ein.

»Ich habe noch was anderes rausgefunden. Frau Neuhaus und diese Giftspinne Müller, ihre Nachbarin, haben sich vor Jahren mal gestritten.«

Debbie prustete los. »Du meinst, Frau Müller hat sie kaltgemacht?«

»Keine Ahnung, ich trage nur Fakten zusammen«, sagte Fetcher.

»Du meinst, du trägst Gerüchte zusammen«, sagte Debbie lachend.

»Mord kommt in jedem Alter vor. Man muss auf das Motiv und nicht auf das Alter achten. Wenn du Polizistin wärst, dann würden jede Menge Mörder frei rumlaufen, da wette ich mit dir.«

»Oder du bist der Mörder«, sagte Debbie. »Gelegenheit macht Diebe. Du bist zufällig vorbeigekommen, hast Alex raufgehen sehen, bist hinterher ...«

Fetcher wurde rot. »Du spinnst ja wohl. Setz bloß keine Gerüchte in die Welt.«

»Ich wette, Otter hat bislang noch gar nichts unternommen. Der wartet doch wie eine Spinne im Netz auf mein Geständnis«, sagte ich, um sie abzulenken. Ich wollte nicht, dass die beiden jetzt auch noch miteinander stritten. Sonst konnten wir es bald ganz vergessen.

»Otter will dich doch morgen Nachmittag besuchen. Wir kommen mit und quetschen ihn ein bisschen aus«, sagte Fetcher.

»Wie beeindruckend«, sagte Debbie. »Sag mal, wo lebst du eigentlich? Ich habe oft genug mit den Bullen zu tun gehabt. Und Alex auch. Glaubst du vielleicht, die lassen sich von uns an der Nase rumführen?«

Fetcher ging nicht drauf ein. Er stand da, die Augen mit der Hand abgeschirmt, und guckte aufs Wasser. »Ich glaube, deine Freunde kommen. Besser, wir gehen jetzt.« Und tatsächlich sah ich ein paar haarlose Köpfe im Wasser schwimmen. Aus der Ferne sahen sie aus wie Bojen.

»Ronny ist dabei«, sagte Debbie.

Sie waren ungefähr noch fünfzig Meter vom Ufer entfernt und schwammen genau auf uns zu.

Wir kämpften uns durch die Büsche, schnappten unsere Räder und machten, dass wir wegkamen. Hinter uns hörte ich Schädel schreien.

»Die sind zu blöd«, sagte Debbie. »Warum gehen sie nicht um den Teich rum und greifen uns von hinten an?«

»Affen machen das genauso, wenn sie ihr Revier verteidigen wollen«, sagte Fetcher. »Die Männchen gehen drohend auf den Feind zu und trommeln sich dabei auf die Brust. Und von Affen sind diese Typen ja nicht weit entfernt.«

»Das ist ’ne Beleidigung für jeden Affen«, sagte ich.

# 13

Seit einigen Tagen kamen wieder Drohbriefe. Immer mit ähnlichem Inhalt: »Wir kriegen dich«, »Mörder«, »Du kommst ins Lager« und so weiter. Unterschrieben waren die Dinger mit »White-Boyz-Doitschland«. Fetcher sagte, ich solle sie Otter zeigen, der würde mir Polizeischutz geben. Fetcher las echt zu viele Krimis. Wahrscheinlich wäre Otter froh, wenn die White Boyz das auf ihre Weise regelten.

Aber es blieb nicht nur bei den Briefen, sie riefen auch an und bedrohten mich. Und einmal knallte es plötzlich so laut im Hörer, als würde er explodieren. Vor Schreck ließ ich ihn fallen. In meinem Ohr pfiff es, als ob tausend Kanarienvögel darin rumzwitscherten. Ich legte zitternd auf. Kurz darauf klingelte es wieder. Den Hörer hielt ich diesmal sicherheitshalber von mir weg. »Das war nur eine Warnung, du Arschloch. Die nächste Kugel ist für dich.« Das war Ronny. Er hatte doch tatsächlich eine Knarre am Telefon abgedrückt, um mich noch weiter einzuschüchtern.

Ich hatte auf einmal einen schlechten Geschmack im Mund, rannte aufs Klo und kotzte. Als ich meine roten Augen im Spiegel sah, fiel mir die Geschichte von Hiob ein. Die hatte Martenstein mal erzählt. Hiob war ein Kerl aus der Bibel. Er hatte jede Menge Kohle, Frauen, Häuser mit Pool und so weiter. Hiob dankte Gott ständig für dieses fette Leben.

Eines Tages schneite der Teufel bei Gott rein, und sie quatschten ein bisschen über Hiob. Der Teufel sagte, dass Hiob nur so fromm tat, weil er Angst vor Gott hatte und sich nur einschleimen wollte, um noch reicher zu werden. Das wollte Gott aber nicht glauben. Also wetteten sie um Hiobs Seele. Der Teufel machte sich gleich an die Arbeit. Er nahm Hiob alles weg und hexte ihm noch ein paar eklige Geschwüre an. Aber Hiob betete weiter zu Gott, bis der Teufel aufgab. Am Ende bekam Hiob alles wieder.

Echt ein Steher, der Hiob. Aber man wechselt ja auch nicht gleich den Verein, nur weil der ein paar Mal verliert.

Meine ehemaligen Homies würden schon aufgeben, wenn nur die Akkus von ihren Handys leer wären. Aber was konnte ich von Hiob lernen? Höchstens, dass es im Universum ein paar Spinner gab, die mit deinem Schicksal würfelten. Du musst mich nicht prüfen, Gott, flehte ich an die Zimmerdecke. Such dir einen, der an dich glaubt.

Umsonst, am nächsten Tag war noch alles beim Alten. Deshalb war ich froh, als Debbie und Fetcher kamen. Und dann erschien Otter. Es war ein heißer Tag, und er stand schwer atmend im Flur. Otter hatte die Treppe nehmen müssen, weil der Fahrstuhl mal wieder im Arsch war.

Wir setzten uns um den Couchtisch. Der Alte hatte Kaffee gemacht und sich sogar rasiert. Dennis und Nora saßen eng beieinander. Otter sah sie irritiert an und fragte sich bestimmt, wieso diese Straßenschläger immer die besten Weiber abkriegen?

Otter beugte sich vor und nippte vorsichtig an seinem Kaffee.

»Da ist kein Gift drin«, sagte Nora und lächelte ihn an. Er lächelte zurück und nahm todesmutig einen großen Schluck.

»Also, Alex? Wollen wir vielleicht in dein Zimmer gehen und uns unter vier Augen unterhalten?«, fragte Otter, nachdem er ein Stück Kuchen runtergewürgt hatte.

»Wir kommen mit«, sagte Debbie.

»Da will ich aber auch dabei sein, ich lasse Sie doch nicht mit meinem Sohn allein sprechen. Wer weiß, was Sie dem einreden wollen«, mischte sich der Alte ein.

Otter grummelte genervt und sagte: »Wie sieht es aus, Alex? Hast du über unser Gespräch nachgedacht?«

»Ja, hat er«, sagte Debbie.

Otter guckte sie mürrisch an. »Ist das deine Sprecherin, Alex? Hat jetzt jeder kleine Gauner seine eigene Pressestelle?«

»Wie war das mit dem kleinen Gauner?«, fragte der Alte und richtete sich auf dem Sofa auf.

Otter wedelte ungeduldig mit der Hand, als ob er eine Fliege verscheuchen wollte. »Schon gut, schon gut«, sagte er. »Ich will nur wissen, ob Alex mir was zu sagen hat.«

Ich wollte gerade etwas sagen, da platzte Fetcher dazwischen. »Wen haben Sie denn noch überprüft?«

Otter richtete seine trüben Augen auf Fetcher. »Ach, und du bist wohl sein Anwalt?«

»Mich würde auch mal interessieren, welche Spur Sie noch verfolgen«, mischte sich jetzt Nora ein.

Otter richtete sich auf und zog den Bauch ein. An Nora

hatte er einen Narren gefressen. Kein Wunder, hübsch, wie sie war.

»Sie werden verstehen, dass ich keine Interna ausplaudern darf. Nur so viel: Die Ermittlungen sind weitgehend abgeschlossen. Es gibt momentan keine Hinweise auf einen anderen Täter. Es tut mir leid, Sie enttäuschen zu müssen, aber Ihr Bruder ist der einzige Verdächtige.« Dann grinste er Nora an und sah dabei aus wie ein schmelzender Schokokuchen.

Dennis entging das Geplänkel nicht. Wäre cool, wenn sie sich wegen Nora duellieren würden, dachte ich. Mit den Fäusten hatte Otter keine Chance gegen ihn. Aber Otter war bewaffnet. Obwohl, Dennis wahrscheinlich auch.

»Haben Sie mal der Tochter von Frau Neuhaus auf den Zahn gefühlt?«, fragte Fetcher.

Otter stutzte und lachte. »Hör mal zu, du Schmalspurdetektiv. Wir haben in alle Richtungen ermittelt. Und was die Tochter angeht: Sie und ihr Mann haben Alibis.«

Wumms! Das saß. Jetzt standen wir genauso dumm da wie am Anfang. Es wäre aber auch zu schön gewesen.

Als ich vom Klo kam, stand Otter im Flur. »Und?«, fragte er lauernd.

»Und sonst geht es gut, danke«, sagte ich und sah an die Decke.

»Du weißt genau, was ich meine. Spiel hier bloß nicht den Klugscheißer. Glaub nicht, du könntest deine Spielchen mit mir treiben.«

»Sie spielen doch in einer ganz anderen Liga.«

Das konnte er nicht deuten. Er sah aus, als ob er mir am liebsten eine knallen würde. »Na sag schon was«, forderte er mich auf.

»Was für ein Alibi haben die Hagendorfs eigentlich?«

»Was interessiert dich das? Hör auf, denen was zu unterstellen! Du machst dich strafbar damit.«

»Nein, nein. Ich frage mich nur, was man für ein Alibi braucht, um aus dem Schneider zu sein. Vielleicht könnte ich mir ja auch so eins besorgen.«

Er lachte. Wenn Otter lachte, hatte er irgendwie was Menschliches an sich. »Okay! Du brauchst zwei Leute. Die müssen bezeugen, dass du mit ihnen Karten gespielt hast.«

»Zwei Leute?«

»Zwei Leute! Herr Neuhaus hat mit zwei Bekannten von 11 Uhr bis um 16 Uhr Skat gespielt. Die machen das jede Woche. Und sie hätten noch länger gespielt, wenn der Mord an Frau Neuhaus nicht dazwischengekommen wäre. Und die Tochter von Frau Neuhaus war beim Friseur und dann einkaufen. Und auch da gibt es jede Menge Zeugen.«

»Ach ja? Da kann man wohl nix machen.«

»Das meine ich auch. Und jetzt, wo deine Hauptverdächtigen ausgeschieden sind, kannst du mir doch die Wahrheit sagen.«

»Okay! Ich sage Ihnen die Wahrheit.«

Er rückte näher an mich ran, um auch ja nichts zu verpassen.

»Ich war es nicht«, sagte ich ganz langsam.

»Schade«, sagte Otter. »Du hast anscheinend nichts dazugelernt.« Er drehte sich um und winkte Nora zu, die hinter uns aufgetaucht war. Ich verschwand in meinem Zimmer und hörte die Wohnungstür zuklappen. Dann klopfte es leise an meine Tür. Debbie und Fetcher steckten ihre Köpfe rein. »Alles okay?«, fragte Debbie. Ich nickte. Sie setzte sich neben mich und nahm meine Hand. Nach unserem Streit am See hatten wir uns abends noch am Telefon vertragen.

Fetcher setzte sich auf den Schreibtischstuhl.

Wir schwiegen und guckten auf die zugezogenen Vorhänge, hinter denen langsam die Sonne unterging.

# 14

Die nächsten Tage waren die Hölle. Einige der Lehrer behandelten mich wie Abschaum. Andere waren übernett, und Frau Reinel schien sogar Angst vor mir zu haben. Ich wusste nicht, was schlimmer war.

Zu Hause schlich der Alte wie ein angeschossenes Tier durch die Wohnung. Er trank wieder mehr. Schon morgens ging es los. Dann fing er an zu heulen, dass er ein schlechter Vater wäre und sich zu wenig um mich gekümmert hätte.

»Stimmt doch gar nicht, Papa«, sagte ich dann. Aber er ließ sich nicht umstimmen.

Debbie und Fetcher traf ich jeden Tag nach der Schule. Wir überlegten hin und her, aber es fiel uns nichts Neues ein.

Samstagabend ging ich mit Debbie ins »Auto«. Fetcher war mit seinen Eltern weggefahren, zu einer Tante in Westdeutschland.

»Auto« stand für »Autonomes Jugendzentrum«. Ich wusste, dass da keine Glatzen rumhingen und auch sonst keiner meiner alten Kumpels. Das »Auto« war fest in Zeckenhand. Leute mit Rastalocken und Antifa-Typen mit Pali-Tuch. Es war also relativ ungefährlich für mich, obwohl einige da waren, die ich mal abgezogen oder verprügelt hatte. Ein paar sahen auch gleich böse zu uns rüber.

Wir holten uns was zu trinken und verzogen uns dann in eine Ecke nahe der Tür. Plötzlich stand der Sozialarbeiter an unserem Tisch und begrüßte uns mit Handschlag. »Na, du warst ja lange nicht mehr hier, Alex«, sagte er. Wir kannten uns ganz gut, nachdem ich mal 30 Stunden Sozialdienst in seinem Laden abreißen musste. Gläser spülen, Klo putzen, Getränke ausschenken, Einlass machen, aufräumen und so.

»Hör mal«, sagte er und sah sich hektisch um, ob auch ja niemand mithörte. »Das ist zwar eine öffentliche Einrichtung und jeder soll rein, aber trotzdem, ich habe hier das Hausrecht.« Er schwitzte und seine Brillengläser beschlugen langsam. Er war so ein Typ mit Pferdeschwanz und fettiger Haut. »Ich will hier keinen Ärger«, sagte er und sah aus, als ob er gleich losflennen würde.

»Wir machen keinen Ärger. Was soll denn das jetzt?«, fragte Debbie patzig.

»Ja, ja, das weiß ich doch. Aber ihr müsst mich verstehen. Wenn die Rechten erfahren, dass Alex hier ist, laufen die auf und machen Stress. Wir haben so lange gebraucht, dieses Projekt sauber zu kriegen. Was glaubt ihr, was hier früher abging?«

Debbie und ich zuckten mit den Schultern.

»Das war schlimm! Ihr habt ja keine Ahnung. Davon mal abgesehen, finde ich es moralisch auch nicht vertretbar, jemanden zu beherbergen, der als potenzieller Mörder gilt. Man lässt euch Kids vieles durchgehen, aber irgendwo ist Schluss. Ich muss auch Grenzen setzen. Zwar ist nichts bewiesen, und ich will auch nicht vorverurteilen, aber wir haben einen gewissen Ruf zu verteidigen, und die vom Amt gucken uns genau auf die Finger. Denen sind wir sowieso ein Dorn im Auge. Die würden uns lieber heute als morgen zumachen. Wisst ihr, wie lange es gedauert hat, dieses Projekt zu etablieren? Wir leben von öffentlichen Geldern. Und jedes Jahr wird entschieden, welche Töpfe aufgemacht werden.«

Dann holte er tief Luft. »Ihr könnt noch austrinken, und dann geht ihr, bitte!«

Er verschwand grußlos in seinem Büro. Jetzt hatte mich sogar der Sozialhansel auf seiner schwarzen Liste.

»Was für ein feiges Arschloch«, sagte Debbie laut. »Der will doch nur seine Ruhe haben.«

Ich wollte so schnell wie möglich raus. Wir tranken nicht mal mehr unsere Gläser leer.

Es war ein milder Abend, und so spazierten wir runter zum Stadttheater, wo wir uns am Ufer auf eine Bank setzten und ein bisschen knutschten.

Ich sah in den Himmel. Jede Menge Sterne blinkten. Das Leben konnte richtig schön sein, dachte ich. Aber dann fiel mir auf, dass der Mond ein bisschen wie ein grinsender Totenschädel aussah, und ich bekam schlechte Laune.

»Komm, lass uns weiter«, sagte ich zu Debbie und zog sie hoch. Wir gingen Hand in Hand, wobei wir über alles Mögliche quatschten. Über unsere Eltern, über die Schule und was wir später machen wollten. Debbie wollte Kinderärztin werden. Ich war platt. Ich hatte immer gedacht, sie könnte Kinder nicht ausstehen. Und sie wollte so schnell wie möglich aus Schwedt abhauen. Nach Berlin.

»Da kennt einen keiner. Du musst niemandem erklären,

wer du bist. Wenn du hierbleibst, erwarten die Leute von dir, dass du so bleibst, wie sie dich kennen. Außerdem ist Schwedt am Arsch. Hier gibt's doch keine Arbeit. Hier leben alle von Stütze und saufen sich das Leben schön.«

Mein Respekt vor ihr wuchs. Ich war stolz, dass so ein hübsches und kluges Mädchen meine Freundin war. »Ich weiß gar nicht, was ich später machen will«, sagte ich. »Ich weiß gar nichts mehr. Bis vor kurzem war alles okay. Aber jetzt ist alles anders. Irgendwie in der Schwebe. Und ich weiß nicht, ob ich mich verändert habe oder ob sich die Leute verändert haben. Verstehst du? Es sieht zwar noch aus wie vorher, aber es ist anders geworden. Die Straßen, die Leute. Das kenne ich alles, aber dann auch wieder nicht. Selbst wenn sich die Geschichte mit Frau Neuhaus aufklärt, wäre es nicht wie früher. Und ich will das auch gar nicht. Ach, ich weiß nicht, wie ich das sonst erklären soll.«

So ein Gespräch hatten wir noch nie. Debbie umarmte mich, und dann küssten wir uns richtig lange und anders als sonst. Mit mehr Gefühl irgendwie.

»Vielleicht sollte ich Polizist werden«, sagte ich atemlos. »Und dann Otters Chef. Dem würde ich richtig Feuer unterm Arsch machen.«

Debbie lachte.

Der Parkplatz neben dem Theater war total leer. In den Häusern gegenüber brannte nirgendwo ein Licht. Wir stellten uns vor, dass die Stadt von einem Virus dahingerafft worden war und wir die einzigen Überlebenden wären.

»Wir könnten uns in den Kaufhäusern bedienen. Wir könnten mit Autos rumfahren. Umsonst ins Kino gehen«, sagte ich.

»Und woher kommt der Strom?«, fragte Debbie. »Ohne Strom kein Kino.«

Da hatte sie wohl recht. Dass Mädchen aber auch immer so vernünftig sein mussten.

»Dann fahren wir eben mit einem Strich-Achter ans Meer und legen uns in den Sand.«

»Sag mal, ist das da vorne nicht der Hagendorf? Der Schwiegersohn von Frau Neuhaus?«, unterbrach sie mich.

»Wo denn?«, fragte ich und verrenkte mir den Hals.

»Da vorn an dem Auto.«

Auf dem leeren Parkplatz stand ein dunkler Mercedes mit Heckspoiler direkt unter einer Laterne. Neben dem Auto stand tatsächlich Hagendorf und pisste in die Büsche. Der Fahrer stieg gerade aus. Er hatte lange schwarze Haare und einen Schnauzer. So ein Zuhältertyp mit blauer Lederjacke, die Ärmel bis zum Ellbogen hochgekrempelt. »Beeil dich! Du pisst ja so lange wie ein Pferd«, rief er Hagendorf zu und lachte über seinen eigenen Witz.

Wir schlichen durchs Gebüsch in die Nähe des Autos. Hagendorf zog sich gerade den Reißverschluss hoch und wollte sich ins Auto setzen.

»Was ist mit Händewaschen?«, fragte der Zuhältertyp.

Hagendorf sah auf seine Hände. »Wo soll ich mir denn jetzt die Hände waschen?«

»Mir doch egal. Mit deinen Pissfingern setzt du dich nicht in meine Karre.«

»Und wenn ich nichts anfasse?«

»Wasch dir die Hände, oder du gehst zu Fuß«, sagte der Zuhältertyp wie zu einem Kind.

»Aber wo denn?«

»Geh runter zum Fluss.«

Hagendorf schmollte, stieg aber brav aus und stapfte los. Dabei kam er dicht an unserem Versteck vorbei. Debbie quetschte vor Aufregung meine Hand zusammen, und ich musste die Zähne zusammenbeißen, um vor Schmerz nicht aufzuschreien. Wir hörten Hagendorf über die Wiese laufen, dann verloren sich seine Schritte. Ich guckte mir den Zuhältertypen genauer an. Er hatte so einen kalten Blick. Als ob er alles und jeden hassen würde. Der löste seine Probleme garantiert mit dem Totschläger.

Bald kam Hagendorf zurück. Beim Gehen schüttelte er seine nassen Hände.

»Pass bloß auf, dass keine Tropfen auf die Polster kommen«, sagte der Zuhältertyp.

»Mach ich, und du pass schön auf meine Babys auf«, sagte Hagendorf beim Einsteigen.

»Halt die Fresse und schnall dich an«, schimpfte der andere und startete den Motor, um mit quietschenden Reifen davonzufahren.

Debbie und ich atmeten erleichtert auf.

»Lass uns mal zu der Stelle gehen, wo das Auto stand. Vielleicht haben sie ja was verloren«, schlug ich vor. Sicherheitshalber guckten wir uns mehrmals um, ob sie nicht zurückkommen würden.

»Hier stand es.« Debbie ging in die Hocke und kratzte auf dem Boden rum.

»Wie so ein richtiger Schnüffler«, sagte ich.

Sie warf einen kleinen Stein nach mir. Ich hockte mich neben sie. »Der Asphalt ist noch warm. Hier muss was Großes, Schweres gestanden haben«, sagte ich.

Debbie lachte und schubste mich. Ich verlor das Gleichgewicht und fiel auf den Hintern.

»Der Hagendorf hat doch irgendwas Dreckiges am Laufen«, sagte ich.

»Sollen wir Otter anrufen?«

»Und was soll der machen? Hagendorf verhaften, weil der nachts auf den Parkplatz am Theater pinkelt?« Frauen hatten manchmal ziemlich merkwürdige Vorstellungen. Wir guckten noch ein bisschen rum, fanden aber nichts und gingen zurück. Vielleicht würde Fetcher was dazu einfallen.

Debbie versuchte ein paar Mal, ein Gespräch anzufangen, aber mir war nicht danach. Ich musste die ganze Zeit darüber nachdenken, was Hagendorf mit diesem Zuhältertypen zu tun hatte. Außerdem fühlte ich mich irgendwie verloren. Aber dann nahm Debbie meine Hand, und das war ziemlich beruhigend. Vor ihrem Haus küssten wir uns zum Abschied, und als sie die Treppe hochstiefelte und sich noch mal umdrehte, winkte ich ihr durch die Glastür.

# 15

Ich wollte noch nicht nach Hause, also beschloss ich, noch einen Abstecher in mein Versteck zu machen. Unterwegs hatte ich das Gefühl, dass jemand hinter mir herschlich. Aber ich sah niemanden. Ich werde langsam paranoid, dachte ich und schüttelte den Kopf über mich selbst.

Der Mond leuchtete Matzes Zimmer aus, als hätte man eine Lampe angeknipst. Ich sollte Matze einen Brief schreiben, dachte ich, und ihm erzählen, wie es in seinem alten Zuhause aussah. Vielleicht hatte er ja mal Lust, sich das anzugucken. Und möglicherweise hatte er ja auch eine Idee. Matze war im Schachclub, der war nicht doof.

Ich drehte einen alten Eimer um, setzte mich drauf und hing meinen Gedanken nach. Dann raschelte es auf der Treppe, und ich dachte für eine Sekunde, ich hätte jemanden flüstern hören.

War wohl nur eine Ratte, beruhigte ich mich, machte mir eine Zigarette an und blies Rauchkringel in die Dunkelheit. Ich dachte wieder über Hagendorf nach und war dermaßen versunken, dass ich sie nicht kommen hörte. Als es neben mir knackte, war es schon zu spät. Ich bekam einen so heftigen Schlag gegen den Kopf, dass ich Sterne sah. Die ganze beschissene Milchstraße explodierte vor meinen Augen. Ich taumelte hoch und wollte mein Gesicht mit den Armen schützen, aber jemand hielt mich fest. Ich versuchte, mich loszureißen, aber der Schlag in die Magengrube faltete mich zusammen wie ein Klappmesser. Tausend Fäuste schlugen jetzt auf mich ein. Zumindest fühlte es sich so an. Kopf, Brust, Rücken, denen war es egal, was sie trafen. Einer sprang mit vorgestrecktem Bein auf mich zu, stolperte zu meinem Glück aber über den Schutt und landete selber auf der Fresse. Aus Wut trat er mir gegen die Brust, dass mir die Luft wegblieb und ich zusammensackte. Jetzt hatten sie mich am Boden. Ich krümmte mich wie ein Baby zusammen und presste die Arme vors Gesicht. Sie traten auf mich ein wie auf einen alten Fußball. Die Schweine trugen Stiefel mit Stahlkappen. Ihre Gesichter hatte ich noch nicht gesehen, aber ihre schwarzen Stiefel mit den weißen Schnürsenkeln konnte ich umso besser erkennen.

Ich bekam einen Tritt in die Fresse, meine Lippe platzte auf und ich schluckte Blut. Der metallische Geschmack brachte mich zum Kotzen.

»Ist das ekelhaft«, rief einer und würgte. Wenigstens hörten sie auf, mich zu verprügeln.

Sie standen im Halbkreis um mich rum und waren ziemlich außer Atem. Es musste ganz schön anstrengend sein, mich zusammenzutreten.

Jemand hievte mich auf die Beine. Ich lehnte mit zittrigen Knien an der Wand und musste mich darauf konzentrieren, nicht umzukippen. Ihre weißen Klamotten leuchteten im Mondlicht. Schädel war auch dabei.

Jetzt konnte ich auch den dritten sehen. Marko! Marko

war schon immer ein rechtes Arschloch gewesen. Er hatte schon in der Grundschule von Judenvergasung gewitzelt und gedroht, sein Alter würde im Keller schon die goldene Ofentür für alle Verräter schmieden. Dabei war Marko Halbitaliener.

Ronny zündete sich mit großer Geste eine Zigarette an, kam drohend auf mich zu und hielt mir die brennende Zigarettenspitze ganz nah ans Gesicht. Ich spürte die Hitze, spürte, wie meine Haut sich spannte, und machte die Augen zu. Jeden Moment würde er seine Scheißkippe auf meiner Backe ausdrücken. Als ich die Augen wieder aufmachte, sah ich Ronny, der grinsend an der Zigarette zog. Ich grinste zurück. Soweit das mit meinem zerschlagenen Maul möglich war.

»Schiss gehabt?«

»Ach was«, sagte ich mit zittriger Stimme und hatte Mühe, nicht loszuheulen. »So eine kleine Rauferei unter Kumpels ist immer drin. Ich bin ja kein Spielverderber.«

»Da bin ich aber froh, dass du so tolerant bist«, sagte Ronny mit seinem fiesesten Grinsen. Und er konnte enorm fies grinsen. »Hör zu, du Judensau. Es gibt mehrere Möglichkeiten für dich, aus der Siedlung rauszukommen. Entweder du gehst freiwillig, oder du wirst mit den Füßen voran weggetragen. Ich glaube nicht, dass dir jemand eine Träne nachweint.« Er blies mir Rauch ins Gesicht, meine Augen brannten.

»Der heult ja«, sagte Schädel.

»Quatsch«, sagte ich und wischte mir die Tränen weg, wobei ich mir selber nicht ganz sicher war, ob sie wirklich vom Zigarettenrauch kamen.

»Mit solchen Untermenschen wie dir sollte man kurzen

Prozess machen«, sagte Ronny. »Aber eigentlich bin ich ja nicht so. Und deshalb wirst du morgen früh zur Polizei marschieren und zugeben, dass du die Alte umgebracht hast. Wir werden dich sogar hinbringen, damit du unterwegs nicht verloren gehst. Verstanden, du Schwein?«

Ich nickte. »Geht klar, Ronny.« Das war zwar feige, aber ich war ja nicht lebensmüde, und manchmal muss man eben mitspielen, um nicht unterzugehen.

»Das ist das eine«, sagte Ronny. »Das andere ist Debbie. Wenn ich noch mal sehe, wie du an ihr rumspielst, mach ich dich alle.«

Ronny klang wie ein billiger Gangster aus einem drittklassigen Film. Aber seine Quarzsandhandschuhe waren leider ziemlich echt. Und er zog die Dinger schön langsam an, weil er genau wusste, wie mir der Arsch deswegen auf Grundeis ging. Mit den Dingern könnte er mir die Nase bis ins Gehirn hauen. Als er sie anhatte, schlug er klatschend die Faust in die Handfläche.

»Ey, Ronny«, mischte sich Schädel ein. »Wir wollten ihn doch nur einschüchtern.«

»Halt's Maul!«, sagte Ronny, ohne sich umzudrehen. »Hast du Angst, dass ich dem Kleinen wehtue? Er ist wohl immer noch dein Kumpel? Kannst dich gleich neben deinen Mörderfreund stellen, du Judas.«

»Hey, so war das doch nicht gemeint«, verteidigte sich Schädel.

Ronny funkelte mich böse an. Er hätte Schauspieler werden sollen. Dieses fiese Getue war echt überzeugend, dachte ich.

»Haben wir uns verstanden wegen Debbie?«, fragte er mich.

Ich nickte. »Na klar. Kein Problem.«

Wie sollte ich Debbie jemals wieder unter die Augen treten? Ich hatte das Gefühl, ich hätte sie verraten.

Aber Ronny zu widersprechen war nicht gesund. Ich war mal dabei, als er einem total harmlosen Typen mit einem abgebrochenen Bierglas die Backe aufgeschlitzt hat. Und das nur, weil der ihn angeglotzt hatte.

Schädel grinste debil. Die Sache schien ihm langsam Spaß zu machen.

Ronny ließ die rechte Faust vor meinem Gesicht schweben.

»Alles kapiert?«, fragte er.

Ich nickte. Ronny drehte den Kopf zu seinen Kumpels und ich atmete auf, in der Hoffnung, die Sache wäre damit beendet. Aber Ronny brauchte noch einen großen Auftritt. Seine Faust kam so schnell angezischt, dass ich nicht mal den Kopf wegdrehen konnte. Sie landete direkt auf meiner Nase. Das Brechen des Knochens dröhnte in meinen Ohren. Erst tat meine Nase gar nicht so weh, aber als der Schmerz dann kam, war er unerträglich.

»Morgen früh um acht stehen wir vor deiner Bude. Wenn du nicht runterkommst, holen wir dich. Und wehe, du ...«

»Um acht ist zu früh, Ronny. Es ist Wochenende, ich will ausschlafen«, unterbrach Marko die Drohung seines Anführers.

Ronny sah aus, als würde er Marko jeden Moment an die Wand klatschen. »Du schläfst doch jeden Tag aus, du Schwachkopf«, knurrte er Marko an.

»Marko hat recht. Acht Uhr ist zu früh. Zehn reicht auch«, sagte Schädel.

»Ich finde auch, zehn ist okay«, mischte ich mich ein. »Da kann man noch in Ruhe frühstücken. Und du kannst vorher mit deinem Kampfhund Gassi gehen, Ronny.«

Oh Scheiße, dachte ich im selben Augenblick. Halt doch mal dein großes Maul. Manchmal war ich wie ferngesteuert.

»Du denkst wohl, das ist ein Witz, was?«, schrie Ronny. »Ich gebe dir gleich was zu lachen, du Parasit.«

Er hob drohend die Faust. »Also um neun«, verkündete Ronny. Dann winkte er seinen Jungs, und sie verschwanden im Gänsemarsch.

Ich rutschte an der Wand runter, ging in die Hocke und vergrub mein Gesicht in den Armen. Ich hoffte nur, die Idioten waren weit genug weg, um mein Schluchzen nicht mehr zu hören.

Nach einer ganzen Weile stemmte ich mich hoch. Das war gar nicht so einfach. Ich war ziemlich mitgenommen. Langsam, einen Fuß vor den anderen setzend, stieg ich mühsam die Treppe runter, wobei ich mich an der Wand festhielt.

Der Nachtwind tat gut, und ich blieb ein paar Minuten stehen, um meine Nase zu kühlen. In meinen Ohren brauste es, als hätte mir einer stundenlang ins Ohr geschrien. Mir war schwindelig und auch etwas übel. Ich brauchte Ewigkeiten bis zu unserem Haus.

Neben der Eingangstür stand ein Schatten und rauchte. Zuerst wollte ich abhauen. Aber dann dachte ich, dass es wahrscheinlich einer aus dem Haus ist, der einfach nur eine qualmte. Ich wollte mich gerade vorbeidrücken, da trat er ins Licht. Es war Schädel! Er sah sich um und sagte: »Hör zu, ich konnte es dir vor den anderen nicht sagen, aber nimm es nicht persönlich. Du weißt ja, wie das ist.«

Ich wusste nicht, ob ich lachen oder weinen sollte. »Sicher, ich weiß, wie das ist, Schädel. Macht doch nichts.«

»Echt? Da bin ich aber froh, dass du das sagst. Ich meine, auch wenn ich jetzt bei den anderen bin, wir können ja trotzdem irgendwie Kumpels bleiben.«

Ich wusste nicht, was ich sagen sollte.

»So, ich muss wieder. Wenn Ronny mitkriegt, dass ich hier war, killt er mich.«

»Klar, Schädel. Gut, dass wir alles geklärt haben.«

Er grinste und hielt mir die Hand hin. Für einen Augenblick überlegte ich, draufzuspucken, humpelte stattdessen aber grußlos an ihm vorbei.

»Man sieht sich«, sagte er und verschwand wie ein Gespenst in der Dunkelheit.

In der Wohnung war es still. Nora lag auf dem Sofa.

Ich schlich ins Badezimmer und traute mich erst nicht, in den Spiegel zu gucken. Es war nicht nur wegen meiner zerschlagenen Visage, es war auch wegen Debbie. Das tat mir fast am meisten weh, und ich schämte mich.

Irgendwann guckte ich dann doch noch in den Spiegel. Ich sah aus wie ein Clown. Das linke Auge war grün und blau, meine Nase war geschwollen wie ein Ballon und überall war verkrustetes Blut. Meine Klamotten stanken nach Kotze. Ich zog mich aus. Meine Rippen taten höllisch weh und ich hatte überall blaue Flecken. Mir lief wieder Blut aus der Nase. Ich nahm zwei Tampons von Nora, pellte die Zellophanhüllen ab und versuchte, mir die Dinger in die Nase zu schieben. Aber sie waren zu dick. Also formte ich aus Watte zwei dünne Würste, die ich mir in die Nasenlöcher steckte. Dann ging ich unter die Dusche.

Als ich mich abtrocknete, klopfte es leise. Es war Nora. »Alles in Ordnung?«, fragte sie leise durch die Tür. »Im Flur sind Blutflecken. Ist was passiert?«

Ich schloss ihr auf, und sie schlüpfte rein.

»Oh Scheiße!« Sie schlug die Hände vor den Mund. »Wie siehst du denn aus?« Sie guckte mich von allen Seiten an. »Was ist denn passiert, um Himmels willen?«

Eigentlich wollte ich ihr was vorlügen, aber Nora war zu clever. Die guckt dir ins Gesicht und weiß sofort: Du erzählst Scheiße.

»Aber behalt das für dich«, sagte ich anschließend. »Der Alte muss es ja nicht unbedingt mitkriegen.«

»Deine Nase ist gebrochen und du siehst aus wie ein Zombie. Was willst du Papa denn erzählen? Dass du aus dem Bett gefallen bist?«

»Mir fällt schon was ein«, sagte ich und ließ sie schwören, dem Alten nichts zu verraten. Früher hatten wir oft Geheimnisse gehabt. Wir hatten überhaupt einen guten Draht zueinander. Aber als unsere Mutter starb, war es irgendwie vorbei. Jeder trauerte allein, und dann hatten wir uns plötzlich nichts mehr zu sagen. Seltsam. Aber an diesem Abend verstanden wir uns gut.

Sie nahm ein paar Mullbinden aus dem Badezimmerschrank und fing an, meinen Kopf und meine Nase zu umwickeln. Dabei schniefte sie leise.

»Diese Schweine«, flüsterte sie. »Die zeigst du an. Du wirst genau das tun, was sie dir gesagt haben. Du gehst morgen früh zur Polizei und zeigst sie an.«

»Das hat doch keinen Sinn. Die waren zu viert. Mir glaubt doch keiner.«

»Wenn Otter sieht, wie sie dich zugerichtet haben, wird er dir schon glauben.«

»Lass mal gut sein«, sagte ich. »Das bringt doch nichts. Für Otter bin ich ein Lügner. Und für alle anderen auch.«

»So, fertig.«

Ich sah in den Spiegel und musste lachen, was enorm schmerzte.

»Ich sehe ja wirklich aus wie ein Zombie.«

Nora lachte ebenfalls. Dann gingen wir in mein Zimmer und legten uns aufs Bett, wie wir es als Kinder immer getan hatten.

»Vielleicht sollte ich morgen zu Otter gehen und ihm sagen, dass ich es war. Dann habe ich meine Ruhe.«

»Das wirst du nicht machen«, sagte Nora und schnellte in die Höhe. »Früher oder später werden die den richtigen Täter kriegen.«

Ich überlegte kurz, ob ich ihr erzählen sollte, dass ich den Mörder jetzt selber suchen wollte, ließ es dann aber sein. Nora war imstande und redete es mir aus.

Wir flüsterten noch eine Weile, dann erzählte mir Nora eine Geschichte. Genau wie früher. Das Ende bekam ich aber nicht mehr mit. An ihre Schulter gekuschelt, pennte ich weg.

# 16

»Die sind tatsächlich da!«, sagte Nora. Vier Typen warteten vor unserem Haus. Vier White Boyz! Alle in weißen Klamotten und schwarzen, polierten Stiefeln, deren Stahlkappen ich noch spüren konnte. Vier Racheengel.

Ich stand hinter der Gardine in meinem Zimmer und sah runter, während Nora mir den Verband wechselte.

Es war Viertel nach neun. Ronny, Marko und Schädel saßen auf der Banklehne wie die Hühner auf der Stange. Nur Hermes stand leicht schwankend daneben und hielt sich an seiner Bierpulle fest. Hermes war ein richtiger Ultra-Typ. Ganz hart unterwegs. Tätowierungen am Hals und im Gesicht. Ein richtiger Kinderschreck.

Schädel und Marko steckten die Köpfe zusammen und lachten dreckig. Ich wurde fast ein bisschen neidisch. Vor ein paar Tagen hatte ich auch noch Kumpels gehabt. Und jetzt war ich das ungeliebte Stiefkind. Von allen verstoßen.

Ronny hockte unbeweglich da wie eine Statue.

Zur Polizei gehen würde ich auf keinen Fall. Da konnten die lange warten. Und selbst wenn ich es täte – die dachten doch nicht im Ernst, dass ich mich schuldig bekannte für etwas, das ich gar nicht getan hatte!

Aber wenn ich oben blieb, was dann? Blieben die bis zum jüngsten Tag? Dann hätte Schwedt endlich eine Attraktion. Man könnte damit Touristen anlocken, dachte ich. Oben hockte der Mordverdächtige und unten seine Richter.

Ich sah wieder runter. Die vier hockten da wie gestrandete Geier. Als Ronny zu meinem Fenster hochsah, sprang ich schnell zur Seite, aber er hatte mich wohl gesehen und brüllte etwas. Der Wind wehte seine Stimme weg, und so konnte ich nichts verstehen. Aber er drohte mit der Faust. Dann sprangen sie plötzlich hektisch auf, und ich hörte eine Frauenstimme loskeifen. Sie klang wie die von Nora.

Ich rannte rüber ins Wohnzimmer. Nora stand am offenen Fenster und schrie zu ihnen runter. Sie hatte einen leeren Eimer in der Hand. »Ihr wollt meinen Bruder, ihr Schwuchteln? Ihr feigen Schweine! Kühlt euch erst mal ab.« Für einen Moment war es unten still. Dann ging das Fluchen los: »Du Drecksfotze. Du bist tot!«

»Das war Abwaschwasser mit einem Schuss Pisse. Und jetzt haut ab, sonst ruf ich die Bullen.« Krachend schlug sie das Fenster zu, dass die Scheibe klirrte.

»Diese Wichser!«, schimpfte sie. »Dass die sich trauen, hier aufzukreuzen.«

Der Alte schlurfte verpennt aus dem Schlafzimmer und wollte wissen, was das für ein Lärm war.

»Ich hatte das Radio an«, sagte Nora.

Der Alte nickte und verschwand vor sich hin brummend im Badezimmer.

Meine Schwester stand keuchend da, eine Hand hatte sie in die Hüfte gestemmt, in der anderen hielt sie den Eimer. Am liebsten hätte ich sie auf den Schultern durch die Wohnung getragen. Sie war meine persönliche Heldin. Mann, wenn du so eine Schwester hast, kann ruhig die ganze Welt hinter dir her sein.

»Nora, Alter, das war ...« Mir fehlten die Worte. »Aber dir ist klar, dass die mich jetzt umbringen. Und dann dich. Oder erst dich und dann mich.« Ich lachte wie irre. Ich konnte nicht anders.

»Ich musste sie doch irgendwie loswerden. Ich kann doch nicht zulassen, dass sie meinem kleinen Bruder was tun«, sagte sie und sah ziemlich erschrocken aus. Wie ein kleines Mädchen, das eine teure Vase umgeschmissen hat, dachte ich und hatte das dringende Bedürfnis, sie zu umarmen.

»Oh Gott, die werden stinksauer sein«, sagte Nora.

Wir sahen aus dem Fenster. Die White Boyz waren weg. Um die Bank herum war eine ziemlich große Lache.

»War da wirklich Pisse drin?«

»Nee, aber Scheuermilch, Essig, Glasreiniger, Petroleum, Kaffeefilter, Orangenschalen, Spucke.« Sie zählte mit den Fingern die Zutaten auf. »Die stinken bis zum jüngsten Tag.«

Ich konnte mich vor Lachen nicht mehr halten.

»Das war echt geil. Ich wähle dich zur Schwester des Jahres. Nee, des Jahrhunderts.«

Sie kicherte. »Ich finde, Schwester des Jahrtausends sollte schon drin sein.«

Wir lachten so laut, dass der Alte wieder auftauchte und fragend von einem zum anderen glotzte. »Was ist denn jetzt wieder los?« Sein Anblick brachte uns noch mehr zum Lachen. Er verschwand kopfschüttelnd im Schlafzimmer, um sich anzuziehen. Mein Aussehen war ihm noch gar nicht aufgefallen.

Ich rief Debbie an, sie solle vorbeikommen. Als sie mich sah, war sie geschockt. Ich erzählte ihr, was passiert war. Sie streichelte über mein Gesicht. Ich sollte mich öfter verprügeln lassen, dachte ich. Alle sind nett zu einem.

»Tut das weh?«, fragte sie vorsichtig.

»Mir tut am meisten weh, dass sie mich erwischt haben.«

Ich erzählte ihr auch von Ronnys Ansprüchen auf sie, verschwieg aber mein feiges Verhalten.

Debbie schüttelte den Kopf. »Dieser blöde Sack Ronny. Was denkt der sich? Ich bin doch nicht sein Eigentum. Dieses fiese Schwein.« Sie schimpfte noch eine Weile auf Ronny und seine Schläger. »Du musst ihn anzeigen«, sagte sie plötzlich. »Du musst die ganze Bande anzeigen. Die lassen dich doch nicht in Ruhe.«

»Das geht nicht«, sagte ich. Mal abgesehen davon, dass ihre Aussage gegen meine stehen würde, man scheißt keinen aus der Siedlung an. Das machen nur Verräter. Auch wenn wir nicht viel wert waren außerhalb unserer Wohnblöcke, es gab so was wie Ehre bei uns. Debbie wusste das auch. Man verpfiff eben keinen aus der Siedlung. Das lernte man von klein auf.

Gegen Mittag war der Alte so weit ansprechbar, dass er sich mit uns an den Tisch setzen konnte. Nora hatte eine Dose Ravioli aufgemacht, aber der Alte bekam zu dieser Tageszeit nur schwarzen Kaffee runter. Nach der ersten Tasse fiel ihm auf, dass ich irgendwie anders aussah als sonst.

»Du siehst anders aus als sonst«, sagte er.

»Ich war in einer Schönheitsklinik«, sagte ich und grinste mit meiner zerschlagenen Fresse.

Nora und Debbie kicherten. Der Alte hatte gerade an seiner Tasse genippt, verschluckte sich und hustete die Brühe quer über den Küchentisch.

»Erzähl mir keinen Scheiß, Alex! Du hast dich geprügelt. Glaubst du, ich bin blöd?«

Ich sagte, ich hätte Ärger mit ein paar Typen gehabt, verschonte ihn aber mit den Einzelheiten.

»Zieh dich an, wir gehen ins Krankenhaus. Die Nase ist gebrochen.«

»Nee, die ist nicht gebrochen, die ist nur angeknackst. Ist bald wieder in Ordnung.« Er gab mir einen ganz leichten Stups auf die Nase, es war nur ein Hauch. Augenblicklich liefen mir die Tränen vor Schmerz. Kleine Männer mit großen Hämmern saßen in meiner Nase und schlugen gegen die Wände.

»Die ist gebrochen«, sagte er. »Kenn ich noch aus meiner Boxerzeit. Die muss gerichtet werden.«

Er überhörte meinen Protest. Nora rief Dennis an, der kurz darauf vor der Tür stand, um den Krankentransport zu übernehmen. Vielleicht musste ich ein paar Tage im Krankenhaus bleiben, was vielleicht gar nicht so schlecht war. So würde ich aus der Schusslinie kommen und die ganze Geschichte würde sich etwas beruhigen. Aber gleichzeitig wusste ich in einem entfernten Winkel meines Gehirns, dass diese Arschlöcher nicht aufgeben würden, bis sie mich erwischt hatten.

Während ich ein paar Sachen zusammensuchte, redete Nora auf Dennis ein. Ich verstand mehrmals das Wort Ronny, das aus ihren Sätzen rausragte wie ein stinkender Haufen. Dennis trat von einem Fuß auf den anderen. Er war jetzt eine tickende Bombe, und ich sah ihm an, dass er am liebsten sofort losgezogen wäre, um Ronny und Konsorten aufzumischen. Der Kerl wurde mir immer sympathischer. Es wäre gar nicht übel, ihn als Schwager zu haben, dachte ich. Er könnte mein Leibwächter sein.

»Dennis wird dich in den nächsten Tagen zur Schule bringen und auch wieder abholen«, flüsterte mir Nora im Auto zu. Sie saß links von mir. Ich nahm ihre Hand und drückte sie. Zu meiner Rechten saß Debbie. Ihre Hand nahm ich auch. So könnte ich ewig weiterfahren, dachte ich, während wir scheppernd über das Kopfsteinpflaster hoppelten.

# 17

Tatsache, meine Nase war hinüber! Ich bekam ein schönes fettes Pflaster quer über das Gesicht. Aus dem Spiegel guckte mich irgendwas an, das nur noch entfernt Ähnlichkeit mit mir hatte. Meine Augen schillerten in allen möglichen Farben, als hätte ich mich geschminkt.

Der Alte kaufte uns noch ein Eis, dann fuhren wir nach Hause, wo Dennis mich und den Alten absetzte, um mit den Mädchen einkaufen zu fahren. Nora hatte nämlich angekündigt, für uns zu kochen. Ich hätte doch im Krankenhaus bleiben sollen, dachte ich auf dem Weg nach oben. Als Nora das letzte Mal gekocht hatte, waren anschließend alle krank gewesen. Fischvergiftung!

Aber diesmal gab es Nudeln mit Tomatensoße. Der Alte und ich sahen uns über die Teller hinweg fragend an, wer zuerst probierte. Aber es schmeckte gar nicht so übel.

Später rief ich Fetcher an, aber er war noch nicht wieder zurück. Wieso hatte der Kerl aber auch kein Handy? Jeder hatte so ein Ding. Warum Fetcher nicht? Er war völlig aus der Zeit gefallen. Es war zum Hirnerweichen. Ich zog mich mit Debbie in mein Zimmer zurück. Wir hörten Musik und knutschten ein bisschen, aber ich war zu unruhig. Ich kam mir vor, als würde ich versuchen, mit ausgestreckten Armen einen fahrenden Bus aufzuhalten. Zur Beruhigung rauchte ich einen kleinen Stick und spielte mit Debbie Mühle. Sie gewann mühelos jedes Match.

»Ich muss die ganze Zeit an Hagendorf denken«, sagte ich, während ich setzte. »Was hat der da auf dem Parkplatz getrieben? Der hat doch was mit der Geschichte zu tun.«

»Der wird doch nicht so blöd sein, seine eigene Schwiegermutter um die Ecke zu bringen.«

»Du weißt doch, wie blöd die Leute sind, wenn es um Geld geht«, sagte ich. »Und überhaupt, was trifft er sich denn mitten in der Nacht mit diesem Zuhältertypen auf einem Parkplatz?«

Debbie zuckte mit den Achseln und schloss eine Mühle.

Gegen zehn rief ich noch mal bei Fetcher an. »Wir sind gerade rein«, sagte er. Im Hintergrund hörte ich es rumoren, dann schimpfte eine Frau los, wahrscheinlich seine Mutter. »Was ist denn bei euch los?«

»Meine Eltern haben sich gestritten.«

»Aha«, sagte ich, »das kommt vor«, und hörte gar nicht richtig hin, als Fetcher von dem Zoff zwischen seinen Eltern erzählte. Erst als das Wort »wegziehen« fiel, war ich wieder voll da. »Was wollt ihr?«

»Meine Mutter will weg. Sie sagt, Schwedt geht ihr auf die Nerven. Sie erträgt es hier nicht mehr. Das ist ihr hier zu spießig und zu kleinkariert. Sie will unbedingt nach Berlin.«

Mein Herz stolperte, als würde es gleich stehen bleiben. Erst Matze, jetzt Fetcher – und Debbie hatte ja auch angekündigt, nach Berlin abhauen zu wollen.

»Eigentlich wollten wir ja erst in zwei Jahren wegziehen, wenn ich ab der zehnten aufs Gymnasium gehe. Aber sie sagt, sie hält es nicht länger in Schwedt aus. Mein Vater soll jetzt mal fragen, ob ihn seine Firma schon dieses Jahr versetzen kann. Eigentlich ist das kein Problem, sie haben ihm das schon mal angeboten. Aber da wollte er noch nicht. Meine Mutter lässt nicht locker. Wahrscheinlich werden wir wohl noch in diesem Jahr umziehen.«

Eigentlich wollte ich Fetcher erzählen, was passiert war, aber jetzt war mein Gehirn wie leer gewischt.

»Alex? Bist du noch dran?«

Ich nickte, bis mir einfiel, dass er mich gar nicht sehen konnte.

»Meine Mutter sagt, es kommt nicht nur darauf an, wie man lebt, sondern auch, wo man lebt.«

Wow, was für ein Scheiß! Das hatte sie bestimmt in einer Frauenzeitschrift oder in einem Lebensratgeber gelesen.

»Und wann zieht ihr um?«

»Keine Ahnung. Wahrscheinlich zum neuen Schuljahr, im September.« Er machte eine Pause. »Hör mal, Berlin ist gar nicht so weit. Mit dem Zug braucht man gerade mal eine Stunde.«

»Klar«, sagte ich und dachte, wenn man erst aus Schwedt weg ist, will man nichts mehr damit zu tun haben. Auch mit den Leuten nicht.

Fetcher fragte, wie das Wochenende in Schwedt gewesen war. Anstatt von den White Boyz zu erzählen und dass wir Hagendorf gesehen hatten, erzählte ich irgendeinen Scheiß. Ich hatte keine Lust zu reden und sagte, ich wäre müde.

Scheiße, dachte ich, als ich auflegte. Jetzt haut der auch

noch ab. Wenn man schon im Sumpf steckt und gerade wieder rausklettern will, kommt immer einer an und schubst dich wieder rein. Ich hasste Fetchers Mutter. Was stellte sich die Kuh so an? Ein paar Jahre konnte sie doch wohl noch in Schwedt aushalten. Was war denn mit uns? Wir lebten unser ganzes Leben hier. Mein Vater war in dieser verkackten Stadt geboren. Der konnte nicht einfach weggehen. Wohin auch? Man musste eben das Beste draus machen. Darüber hätte sie bestimmt auch etwas in einer ihrer Zeitschriften finden können.

Ich konnte nicht schlafen. Am meisten ärgerte ich mich darüber, dass mich Fetchers Ankündigung so mitnahm. Er war doch nur jemand, den ich von der Schule kannte. Und das nicht mal besonders gut.

Irgendwann schlief ich doch ein und hatte einen fiesen Traum: Darin war ich ein kleines pelziges Wesen. Zusammen mit tausend anderen Pelzviechern hockte ich auf einem Fließband in einer riesigen Fabrikhalle. Es war finster, und nur ein bisschen Licht fiel durch die dreckigen Fenster. Niemand war zu sehen, nur Maschinen, die stumm vor sich hin liefen. Unser Fließband rollte um Kurven und über Hügel. Irgendwo in dieser beschissenen Fabrik rumpelte es unheimlich, und auf dieses Geräusch rollten wir zu. Je näher wir kamen, desto lauter war es zu hören; ein lautes, fieses Klacken. Nach der nächsten Kurve sah ich es: Ein gigantisches Maul aus Stahl mit höllisch scharfen Zähnen, die bläulich glänzten. Und unser Fließband fuhr mitten hinein. Das Maul ging auf und zu und verschluckte jedes Mal eine Ladung von uns. Die Zähne verursachten dieses hässliche »klack, klack, klack«! Das Maul ging vor mir auf und ich versuchte, vom

Band zu springen, aber irgendwas hielt mich fest. Und ich rauschte mittenrein in dieses schwarze Loch. Plötzlich hielt mich jemand fest.

Ich schlug die Augen auf. Der Alte saß an meinem Bett und befühlte meine nass geschwitzte Stirn.

»Alles okay?«, fragte er.

Ich nickte. »War nur ein Scheißtraum.«

»Komm in die Küche, wir trinken einen Kakao.«

Ich zog mir was Trockenes an und hörte ihn mit den Tassen klappern. Das hatte was Beruhigendes.

Wir saßen am Tisch, pusteten in unsere Tassen, und ich erzählte dem Alten meinen Traum. Er nickte, ohne mich zu unterbrechen oder blöde Zwischenfragen zu stellen.

Den Rest der Nacht schlief ich bei ihm im Ehebett.

# 18

Eigentlich wollte ich am nächsten Tag nicht zur Schule, aber da ich kein Fieber hatte und meine blauen Flecken und die gebrochene Nase nicht als Ausrede galten, ließ der Alte nicht mit sich reden. In der Beziehung war er schon immer ein harter Hund gewesen.

Dennis fuhr mich vor der Schule bei den Bullen vorbei. Die freuten sich richtig, als sie meine zerschlagene Visage sahen.

»Na, hat dir endlich mal einer Bescheid gegeben?«

»Wurde ja auch mal Zeit«, sagte ein anderer.

Vorher hatte ich noch kurz mit dem Gedanken gespielt, Ronny und die anderen anzuzeigen, aber so wie die Bullen drauf waren, hielt ich lieber das Maul. Sie ließen mich wieder ewig warten, und als ich sagte, ich käme zu spät in die Schule, lachten sie nur dämlich.

Wütend schwang ich mich neben Dennis ins Auto. Wir sahen uns nur kurz an, und er wusste Bescheid. Er kannte diese Spielchen.

Als wir in die Straße vor der Schule einbogen, sah ich sie schon von weitem. Die White Boyz hatten mich erwartet.

»Hey, Frankenstein«, rief Hermes laut, als ich aus dem

Auto stieg. Er hatte eine Pulle Bier in der Hand und schon ganz glasige Augen.

Neben Hermes standen Ronny und Marko. Ronny machte ein paar Schritte in meine Richtung, aber als Dennis aus dem Auto stieg und ihn böse anguckte, blieb er stehen.

Ronnys Oberkörper bewegte sich in meine Richtung, aber seine Füße blieben einfach auf ihrem Platz und stemmten sich in den Asphalt, als ob sie ihn daran hindern wollten, sich zu bewegen. Seine Füße waren schlauer als der Rest.

Jemand rauschte an mir vorbei. Debbie! Sie baute sich vor Ronny auf, stemmte die Hände in die Hüften und sagte: »So! Du willst Alex also verbieten, sich mit mir zu treffen? Ich bin also dein Eigentum, ja? Hör mal zu, du hirnamputierter Fatzke.« Sie war eiskalt und tödlich. »Mit wem ich mich treffe, ist ja wohl meine Sache. Mit dir treffe ich mich jedenfalls nicht. Du bist dumm und brutal. Da steht kein Mädchen drauf, und wenn du dich noch mal an Alex vergreifst, schneide ich dir die Eier ab, du Schwuchtel.« Ronnys Kieferknochen mahlten vor Wut, aber er traute sich nicht, was zu unternehmen. Tiefrot im Gesicht, schwang er sich auf seinen nagelneuen schneeweißen Yamaha-Scooter.

»Wir kriegen dich noch mal ohne dein Kindermädchen«, giftete er mich an und startete. Beim Losfahren gab er zu viel Gas, der Hinterreifen schlingerte weg, und fast wäre er hingeknallt. Dann rauschte er fluchend ab. Marko und Hermes trabten wie die Schafe hinterher.

Dennis sagte, er würde mich nach der Schule abholen. Ich winkte ihm zu und ging mit Debbie rein. Vor ihrem Klassenzimmer gaben wir uns einen Kuss, und ich kam mal wieder zu spät zu Mathe.

Grußlos ließ ich mich neben Fetcher auf den Stuhl fallen.

»Mann, wie siehst du denn aus? Wie durch den Fleischwolf gedreht. Waren das Ronny und seine Kumpels?«

Ich nickte, ohne ihn anzugucken.

»Was ist denn? Kannst du nicht sprechen?«

»Was interessiert es dich? In ein paar Wochen bist du weg. Dann hast du mit dem ganzen Scheiß nichts mehr zu tun.«

Martenstein kam rein. Ich starrte nach vorn. Fetcher sagte was, aber ich hörte nicht hin. Martenstein kam auf mich zugeschlendert. Er hatte die Hände in den Hosentaschen vergraben, als ob er einen beschissenen Sonntagnachmittagsspaziergang machen würde. Er blieb vor mir stehen, sah auf mich runter und sagte nach einer Weile: »Schönes Pflaster.«

Dann drehte er sich zur Tafel um und ging nach vorn, wobei er sagte: »Früher, in alten Zeiten, als die Menschen Recht und Gesetz noch als fremd betrachteten und nach den Prinzipien des Alten Testaments handelten, da kam es des Öfteren zur sogenannten Lynchjustiz. Weiß jemand, was das ist?«

Annes Arm schnellte nach oben, und sie schnippte mit den Fingern, als wäre sie auf Speed. Martenstein ignorierte sie und sah mich an. »Weißt du, was damit gemeint ist, Alex?« Er sah mich an, und ich wusste, dass es ihm leidtat, was Ronny und seine Schläger mit mir gemacht hatten.

»Wenn man jemanden aufhängt, ohne ihn zu verhören«, sagte ich. Das kannte ich aus Westernfilmen.

Martenstein lächelte. »So ähnlich«, sagte er. »Aber genau genommen ist es ein barbarischer Akt. Weil eine Gruppe Menschen sich anmaßt, ihre Vorstellung von Recht einem anderen aufzuzwingen.« In diesem Stil ging es die ganze Stunde weiter. Aber im Unterschied zu sonst hörten wir Martenstein zu, weil es um was ging, was uns selbst betraf. Die meisten in der Klasse stimmten ihm zu und sagten, man solle Bestrafung dem Gericht überlassen. Martenstein fragte: »Wenn X den Y verprügelt, weil er denkt, Y hätte eine böse Tat begangen, macht X sich dann strafbar?«

»Kommt drauf an«, sagte Schädel und kratzte sich am Hals, wo seit kurzem ein kleines Spinnennetz eintätowiert war.

»Worauf?«, fragte Martenstein lächelnd.

»Na ob der andere es verdient hat, eins in die Fresse zu kriegen.«

»Aber wer entscheidet denn, ob es einer verdient hat, verprügelt zu werden?«

»Manche haben es immer verdient«, sagte Schädel und sah in meine Richtung. Ein paar lachten hämisch.

»Und wenn nun jemand zu Unrecht verprügelt worden ist, wie sich hinterher rausstellt?«

»Das wäre total fies«, rief Danny.

»Ein deutscher Mann tut so was nicht«, rief Schädel.

»Red doch keinen Scheiß. Es waren doch deine Nazi-Kumpels, die Alex verprügelt haben«, sagte Anne.

Und auch die fette Luzie meldete sich. »An dieser Schule glauben einige, sie könnten sich wie Arschlöcher aufführen, nur weil sie stärker sind. Dabei ist das eher ein Zeichen von Schwäche. So Leute wie Mahatma Gandhi oder Jesus, die waren wirklich mutig. Und das völlig gewaltlos«, sagte sie und knetete ihr Palästinensertuch zwischen den Fingern.

»Und was war mit Hess?«, rief Schädel dazwischen. »Der war auch unschuldig und saß sein ganzes Leben lang im Knast.«

Die fette Luzie fing wieder von Jesus an, Danny brachte irgendeinen Schwachsinn ein, und bald diskutierten alle wild durcheinander. Martenstein stand in diesem Chaos wie eine Möwe auf ihrem vollgekackten Felsen und lächelte still vor sich hin. Er schien Spaß zu haben.

In der Pause setzte sich Fetcher wortlos neben mich. Ich hatte ihm nichts zu sagen.

Nachdem wir uns eine Weile angeschwiegen hatten, sagte er: »Du bist sauer, weil ich wegziehe, oder?«

»Quatsch.«

»Aber du bist irgendwie sauer auf mich.«

»Vergiss es.«

»Nee, sag doch mal.«

»Vergiss es.«

»Berlin ist echt nicht weit. Du kannst doch mit dem Zug übers Wochenende kommen.«

»Schönen Dank auch!«

Dasselbe hatte Matze auch gesagt, bevor er weggezogen war. Und wiedergesehen hatte ich ihn kein einziges Mal.

»Na, oder ich komme zu dir«, schlug Fetcher vor. »Am Wochenende. Oder wir fahren an die Ostsee zum Zelten.«

Ich sah ihn an und musste grinsen. Er schien sich wirklich Sorgen um mich zu machen.

Was soll's, dachte ich. Was konnte Fetcher dafür, wenn seine Alten aus Schwedt wegwollten. Verstehen konnte ich es ja. Und Berlin war wirklich nicht weit.

»Wenn alles vorbei ist, fahren wir zum Zelten«, sagte ich und schlug ihm auf die Schulter. »Übrigens, ich muss dir was erzählen.«

Ich berichtete von Hagendorf und wie die White Boyz mich zusammengeschlagen hatten.

Fetcher nahm es ziemlich locker. »Hm«, machte er nur zwischendurch. Ich hatte mit ein bisschen mehr Mitgefühl gerechnet. Die Geschichte mit Hagendorf gab ihm allerdings zu denken.

Debbie kam und nickte Fetcher zu. »Wo hat Ronny eigentlich die Kohle für den neuen Roller her?«, fragte sie und ließ sich neben mich auf die Bank fallen. »Der ist doch arbeitslos. Ich hab die ganze Stunde darüber nachgedacht.«

»Gespart?«, fragte Fetcher.

Debbie winkte ab. »Von dem bisschen Unterstützung kann der nichts sparen. Außerdem versäuft der alles. Ab Monatsmitte bettelt er seine Mutter an.«

»Seltsam, oder?«, sagte Fetcher. »Er ist also unerwartet zu Geld gekommen. Macht euch das nicht stutzig?«

»Und was ist mit Hagendorf?«, fragte ich.

Fetcher nickte. »Den behalten wir auch im Auge.«

»Vielleicht waren es beide zusammen«, schlug Debbie vor. Fetcher guckte sie mitleidig an.

»War nur so ein Gedanke«, sagte sie.

»Na ja, man könnte ja mal drüber nachdenken«, sagte ich, um Debbie nicht blöd dastehen zu lassen.

Fetcher schwieg, und nach einer Weile sagte er: »Es gibt nur eine Möglichkeit rauszufinden, ob sie was mit dem Mord zu tun haben.« Er machte eine Pause, während Debbie und ich ihn gespannt anstarrten. »Wir überwachen sie.«

# 19

Wir hockten in dem Autowrack auf dem Parkplatz vor Hagendorfs Haus. Irgendein Depp hatte die Karre mal besoffen zu Schrott gefahren und einfach stehen gelassen. Jetzt beschatteten wir von da aus Hagendorf.

Früher hatten wir oft zum Kiffen im Wrack gesessen, bis uns die Bullen auf die Spur kamen. Auch wenn die Federn längst aus den Sitzen guckten, die Türen nicht mehr zugingen und alle Scheiben – bis auf die kaputte Windschutzscheibe – rausgeschlagen waren, es war trotzdem gemütlich, vor allem wenn man stoned war und sich vorstellte, mit der Karre aus Schwedt abzuhauen.

Schädel wollte immer nach Florida, weil man da die Delfine vom Strand aus füttern kann. Hatte er jedenfalls behauptet.

Marcel wollte in den Westen fahren. Sein Vater soll da irgendwo leben. Marcel hatte seine Mutter eines Tages nach der Schule dabei erwischt, wie sie sich gerade im Wohnzimmer aufhängen wollte. Hinterher hatte sie Marcel erklärt, dass sein Vater mit einer neuen Frau abgehauen ist. Und dass sie sofort wieder den Strick nehmen würde, sollte es Marcel einfallen, ebenfalls abzuhauen. Seitdem hatte er ständig Schiss um seine Alte. Trotzdem wollte er so gern mal seinen Vater wiedersehen. Wenn er bekifft war, nervte er uns damit. Vor allem dachte der Idiot, Westen sei eine Stadt, auch wenn Debbie ihm noch so oft erklärte, damit sei einfach der Westen von Deutschland gemeint. Aber er wollte es nicht kapieren.

Jetzt saß Debbie neben mir im Autowrack und stierte auf Hagendorfs Eingangstür, als wollte sie mit ihrem Blick ein Loch reinbohren.

Fetcher hockte auf dem Rücksitz. Seit elf Uhr saßen wir in der Karre. Es war unser erster Ferientag. Einmal war ich pissen gewesen. Debbie hatte zwischendurch vom Bäcker Kakao und Pfannkuchen für uns geholt. Fetcher glotzte durch seinen Feldstecher und machte sich Notizen. *1. Tag, 13 Uhr 48, observieren Wohnobjekt. Zielperson noch nicht aufgetaucht.*

Nach drei Stunden war uns langsam etwas langweilig. Im Fernsehen ging das alles viel schneller.

»Wir hätten Kreuzworträtsel mitnehmen sollen«, sagte Fetcher.

»Und Musik«, sagte Debbie.

»Und einen Videobeamer«, sagte ich.

Wir blödelten noch eine Weile rum, und fast hätten wir Hagendorf verpasst, der plötzlich vor dem Haus stand. Heute sah er aus wie der Depp aus dem Block: kurze Hose, weiße Socken, Sandalen und ein Hawaihemd. Der war sich auch für nichts zu schade. Er trippelte eine Weile von einem Bein aufs andere und schnupperte in den Wind, wie ein altersschwacher Köter.

»Fehlt nur noch, dass er das Bein hebt«, sagte Debbie, die denselben Gedanken hatte.

Hagendorf war mir irgendwie unheimlich. Er hatte so was Humorloses an sich.

»Hoffentlich nimmt er nicht das Auto«, sagte Fetcher.

»Er hat keinen Führerschein mehr«, sagte Debbie.

»Woher weißt du das?«

»Beziehungen«, sagte sie nur und ließ Hagendorf nicht aus den Augen.

»Beziehungen, soso«, murmelte Fetcher auf dem Rücksitz. »Ich wusste gar nicht, mit was für wichtigen Menschen ich meine Zeit in Autowracks verbringe.«

Hagendorf kam an uns vorbeimarschiert, und wir duckten uns in die Sitze. Er ging zur Bushaltestelle. Als der Bus in Sichtweite war, sprinteten wir los und konnten gerade noch reinspringen, bevor die Türen zischend zuklappten.

»Alter Schwedter!«, japste Fetcher und musste sich an der Haltestange festhalten. Ich grinste ihn an.

»Scheiße!«, rief Debbie. Sie zeigte aus dem Fenster. Das konnte nicht wahr sein. Hagendorf stand immer noch seelenruhig an der Haltestelle.

Er hatte auf einen anderen Bus gewartet.

»Mann, sind wir dämlich. Schreib das ja nicht in dein Protokoll«, warnte ich Fetcher.

Am nächsten Stopp stiegen wir aus und warteten auf den Bus mit Hagendorf, der kurz darauf angeschnauft kam. Hagendorf saß direkt hinter dem Fahrer und blätterte in seiner Zeitung. Wir stiegen hinten ein, und ich versteckte mich hinter den anderen, falls er sich plötzlich umdrehen sollte. Wer weiß, was passieren würde, wenn er mich entdecken würde. Im Bus konnte ich nicht vor ihm abhauen. An der Auguststraße stieg Hagendorf aus und schlug den Weg zum

Vierradener Platz ein. Wir duckten uns hinter jede Mauer, jeden Stein, machten uns so klein wie möglich. Hagendorf kam aber gar nicht auf die Idee, dass ihn jemand verfolgen könnte. Irgendwie war das enttäuschend, und nach und nach gaben wir unsere Deckung auf und schlenderten einfach hinter ihm her. Er drehte sich sowieso kein einziges Mal um. Er fühlte sich völlig sicher, so als hätte er nichts zu verbergen. Ich hatte gehofft, die Sache wäre geheimnisvoller und Hagendorf würde sich durch irgendwas verraten.

Vor dem ehemaligen Centrum Warenhaus blieb er an einer Fressbude stehen und bestellte Bier und Döner. Uns knurrten die Bäuche, aber wir hatten nicht genug Geld dabei. Hagendorf ließ seinen Teller halb leergegessen stehen, trank noch ein Bier und rauchte eine Zigarette. Er stand eine Dreiviertelstunde vor diesem dämlichen Imbiss und tat so, als wäre es das Normalste auf der Welt. Na gut, war es wohl auch irgendwie, aber von Hagendorf hatte ich schon ein bisschen mehr Action erwartet.

Langsam wurde uns das zu blöd. Wir hatten Hunger, und die Füße taten uns weh. Im Fernsehen hockten die Detektive wenigstens im Auto und fuhren nicht mit dem Bus hinter dem Verdächtigen her.

»Was macht der da?«, fragte Fetcher genervt. »Was macht der überhaupt? Hat sein Leben überhaupt einen Sinn? Oder lebt der nur, so wie eben Pflanzen leben oder Tiere?«

Nach einer Weile fing Hagendorf ein Gespräch mit dem vietnamesischen Dönerbudenmann an, und bevor ich reagieren konnte, war Fetcher über die Straße gelaufen und hatte sich direkt neben Hagendorf gestellt.

»Ist doch okay«, sagte Debbie. »Fetcher kennt er ja nicht.«

Fetcher stellte sich so nah an Hagendorf ran, dass der aufmerksam wurde und ihn böse anguckte. Debbie und ich lachten.

»Das ist vielleicht ein Meisterdetektiv, dein Freund«, sagte sie, und ich war ein bisschen stolz auf ihn. Mit Schädel oder Marcel hätte ich solche Aktionen nicht durchziehen können. Die hätten lieber Bier gesoffen und jemanden abgezogen.

Hagendorf sah immer wieder auf seine Uhr, als warte er auf jemanden. Dann hatte er plötzlich sein Handy am Ohr. Anscheinend bekam er eine schlechte Nachricht, denn er sah wütend aus.

Fetcher spurtete über die Straße.

»Irgendjemand hat ihn versetzt«, rief er. »Aber ich habe leider nichts Genaues verstanden.«

In diesem Moment kam Hagendorf direkt auf uns zu. Wir drehten uns schnell um und glotzten ins Schaufenster eines Ladens.

Ich rechnete jeden Moment damit, dass Hagendorf mich am Kragen packen würde, und bekam ziemliche Panik. Am liebsten wäre ich losgerannt, aber ich zwang mich, stehen zu bleiben. Da spürte ich eine Hand auf der Schulter. Ich drehte mich langsam um und sah in das grinsende Gesicht von Danny.

»Was machst du denn hier, Alter?«

Ich schüttelte seine Hand ab. »Spazieren gehen.«

Hagendorf war nicht zu sehen. Auch Debbie und Fetcher hatten nicht mitbekommen, wohin er verschwunden war. Panisch sah ich mich um.

»Was ist denn los, Alter?«, fragte Danny und sah sich ebenfalls um.

»Nichts«, sagte Debbie genervt. »Wir haben keine Zeit, komm, Alex.« Sie zog mich hinter sich her.

»Kommt doch mit ins Center. Da sind Marcel und Mandy«, rief Danny uns nach.

Für einen winzigen Moment stellte ich mir vor, wie Mandy am Brunnen sitzen und auf mich warten würde. Aber dann sah ich Debbies Blick und wusste, dass sie mich durchschaut hatte.

Ich ließ Danny stehen und trottete hinter Debbie und Fetcher her. Jetzt hatten wir Hagendorf verloren. Wir liefen die Straße rauf und runter, und fast wären wir in ihn reingerannt. Er stand vor einem Zeitungskiosk. Zum Glück war er damit beschäftigt, das Zellophan von seiner frisch gekauften Zigarettenpackung zu pulen, so dass wir hinter dem Kiosk verschwinden konnten.

Vorsichtig guckten wir um die Ecke.

Hagendorf zündete sich eine Zigarette an und ging rauchend zur Bushaltestelle.

Unsere Verfolgungsjagd endete da, wo sie angefangen hatte: am Autowrack. *17.38 Uhr, Verdächtiger wieder im Haus*, schrieb Fetcher. Das war echt frustrierend. Wir hatten diesen Blödmann fast sieben Stunden beschattet, um ihn mit dem Bus zu einer Dönerbude zu verfolgen, wo er den Verkäufer langweilte.

»Das war echt Scheiße!«, sagte ich.

»Morgen wird es besser«, meinte Fetcher und verabschiedete sich.

Debbie ging mit zu mir, wo Nora schon mit dem Essen auf uns wartete.

Anschließend saßen wir satt auf dem Sofa und glotzten fern, während Nora und Dennis in der Küche rumklapperten.

Der Alte kam rein, lief irgendwie aufgeregt rum, sah uns an, blieb vor uns stehen, lief wieder auf und ab, bis er sich endlich setzte und mit der Sprache rausrückte.

»Sagt mal«, druckste der Alte rum. »Ihr seid doch jetzt in einem bestimmten Alter. Ich weiß das ja noch von mir. Wir waren auch neugierig. Aber es kann natürlich einiges schiefgehen. Auf einmal ist es passiert, und ihr müsst die Konsequenzen tragen.«

Ich wusste genau, was er wollte, aber ich konnte es nicht glauben, dass er jetzt vor Debbie damit anfing. War das peinlich. Debbie legte dem Alten eine Hand auf den Unterarm. »Machen Sie sich keine Sorgen. Alex und ich haben das im Griff«, sagte sie. Ich verschluckte mich und hustete plötzlich wie ein Asthmakranker. Wir hatten was im Griff?, dachte ich.

Der Alte sah sie zufrieden an, nahm sie plötzlich in den Arm und zwinkerte mir über ihre Schulter hinweg zu.

»Ein kluges Mädchen«, sagte er und verschwand wieder.

Später, als ich mit Debbie in meinem Zimmer Mühle spielte, überlegte ich krampfhaft, wie ich sie noch mal auf das Thema ansprechen könnte, ohne wie ein Volldepp dazustehen.

»Sag mal«, kam sie mir zuvor, während sie einen Stein setzte. »Dein Vater hat nicht Unrecht. Man muss sich über so was Gedanken machen.«

Jetzt fing die auch noch davon an. Ich räusperte mich. »Gedanken?«, fragte ich.

»Na ja, wegen der Verhütung und so.« Sie machte nebenbei eine weitere Mühle zu.

»Verhütung?«, krächzte ich.

»Na sicher! Ohne Verhütung läuft das nun mal nicht.«

Scheiße, wie peinlich, dachte ich. Ich meine, ich hatte natürlich auch schon dran gedacht, dass Debbie und ich eines Tages ... Aber so schnell? Sicher, wir taten alle so, als hätten wir die mega Erfahrung, aber in Wirklichkeit waren die meisten von uns noch unbeschriebene Blätter. Ich auch. Bei Debbie war ich mir allerdings nicht so sicher. Was, wenn sie mit Ronny ...? Ich sah sie aufmerksam an. Sie zog einen Stein über das Spielfeld und war mit ihren Gedanken augenscheinlich schon wieder ganz woanders.

»Was ist?« Debbie sah mich aufmerksam an.

»Nichts«, sagte ich und versuchte, mich auf meinen Zug zu konzentrieren.

»Du hast doch was.«

»Nein, nein«, sagte ich schnell.

Ich sah sie an und wusste, Debbie hatte alles im Griff.

»Das war echt süß von deinem Vater«, sagte sie nach einer Weile.

»Es war der falsche Moment«, warf ich ein.

»Ach was, er macht sich eben Sorgen um dich. Vielleicht denkt er, bei deinem anderen Problem kann er dir nicht helfen, also versucht er es auf diese Art. Dein Vater will dir zeigen, dass er an dich glaubt. Das ist echt was wert.«

Ich dachte eine Weile darüber nach und verlor dabei ein Spiel nach dem anderen.

# 20

Dennis und ich wurden losgeschickt, um Bier für den Alten zu besorgen. Schon nach ein paar Metern war ich froh, Dennis dabeizuhaben. Ronny cruiste auf seinem Roller im Zickzackkurs an uns vorbei und wirkte ziemlich angesoffen.

Ich winkte Ronny fröhlich zu, und vor lauter Wut hätte er sich fast auf die Schnauze gelegt. Wir hörten ihn schimpfen, dann verschwand er.

Zu unserer großen Überraschung trafen wir Andy vom Fernsehen. Er wankte gerade aus einer Kneipe raus. Waren heute eigentlich alle besoffen?

Für einen Moment überlegte ich, Dennis von der Leine zu lassen. Andys Scheiß-Beitrag war echt unfair gewesen.

»Hallo, hallo! Wenn das nicht der kleine Axel ist. Oder wie heißt du noch mal? Und sein großer Freund Dennis.«

Es hätte auch so nicht viel gefehlt, und Dennis wäre ihm an die Kehle gegangen. Er war stinksauer, dass Andy Nora angebaggert hatte. Außerdem hatte Nora vorgeschlagen, Dennis könnte sich doch auch mal so eine blaue Brille wie Andy zulegen. Das wäre gerade angesagt.

»Ich hatte da eben eine interessante Unterhaltung mit einem Kumpel von dir«, sagte Andy. »Ronny hieß der. Oder Rocky? Na, scheiß drauf. Der kann ganz schön was ab. Ich bin ganz schön dicht.« Er klammerte sich an Dennis' Schulter fest. Das konnte nicht gut gehen. Man steckte seinen Kopf doch auch nicht unbedingt in das Maul eines Krokodils. Es sei denn, man war lebensmüde.

»Gut, dass ich euch sehe. Wollte sowieso demnächst mal bei euch vorbeikommen. Diese Siedlung ist ja ein unermessliches Reservoir an Geschichten und Schicksalen. Ich plane eine Reihe über das Leben am Rand von Schwedt. Und genauso soll sie heißen.« Er tat, als würde er den Titel an den Himmel malen. »Das Leben am Rand!« Wie findet ihr das? Deswegen war ich auch hier in der Pinte, zum Recherchieren. Ich werde kleine Porträts über jeden von euch machen.« Seine Stimme leierte ein bisschen. »Das ist eure Chance. Ich mache euch berühmt. Ich mache diese ganze verdammte apokalyptische Siedlung berühmt.«

Dann legte er mir den Arm um die Schulter und zwinkerte mir zu. »Ach, übrigens, wie geht es deiner hübschen Schwester? Wie hieß sie noch gleich? Elke, oder?«

Das war das Stichwort. Dennis stürzte sich mit einem Aufschrei auf Andy, verpasste ihm eine Links-rechts-links-Kombination, und Andy kippte wie vom Blitz getroffen um. Er lag auf der Seite und hielt sich die Nase.

»Dennis, lass ihn«, sagte ich. »Der hat genug.«

Nach der Begegnung mit Ronnys Fäusten hatte ich von Blut erst mal genug, auch wenn es das von anderen war.

Andy blutete aus Nase und Oberlippe und hustete kläglich. Das konnte Dennis dann doch nicht mit ansehen und half ihm auf die Füße.

»Scheiße«, sagte Andy und spuckte Blut.

»Geht's wieder?«, fragte Dennis.

Andy nickte und wischte sich mit dem Jackenärmel über die Nase. »Scheiße!«, sagte er noch einmal und lächelte uns an. »Das passiert mir nicht zum ersten Mal. Eigentlich passiert so was öfter in meinem Job.«

Dennis lud ihn als Wiedergutmachung auf ein Bier ein. Ich staunte nicht schlecht und dackelte hinter den beiden her.

Beim Kiosk klebten wir erst mal Andys blau getönte Brille mit Leukoplast. Ein Bügel war bei der Klopperei zerbrochen.

Nach dem dritten Bier setzte Dennis mal probeweise die Brille auf. Und Nora hatte recht, sah gar nicht so schwul aus, wie ich gedacht hatte.

# 21

Am nächsten Morgen nahm mich der Alte beiseite. »Wir beide haben heute um fünf einen Termin beim Rechtsanwalt. Sei pünktlich zu Hause, Dennis bringt uns hin.«

»Ja«, sagte ich nur. Mehr brachte ich vor Überraschung nicht raus.

Den ganzen Weg zum Autowrack musste ich über den Alten staunen. Er hatte doch tatsächlich einen Anwalt aufgetan.

Debbie und Fetcher hockten schon im Wrack und beobachteten Hagendorfs Haus. Als ich kam, zickten sie sich gerade ein bisschen an.

»Es gibt ihn tatsächlich«, sagte ich statt einer Begrüßung.

Die beiden sahen mich erstaunt an. »Den Anwalt, meine ich. Und wir haben heute Nachmittag einen Termin.«

»Na siehst du«, sagte Debbie. »Dein Vater hat das im Griff.«

»Ist bei Hagendorf schon was passiert?«, fragte ich. Sie schüttelten die Köpfe. Und auch in den nächsten Stunden passierte nichts.

»Was ist eigentlich mit Ronny?«, fragte Debbie irgendwann, als sie zum dritten Mal ihre Zeitschrift durchgeblättert hatte. »Das mit dem Roller ist doch ziemlich verdächtig, oder?«

Fetcher nahm das Fernglas runter. »Ich habe auch das Gefühl, dass hier heute nicht mehr viel passiert.«

»Wieder eine deiner berühmten Eingebungen?«, fragte Debbie.

»Du kannst auch allein hier hocken bleiben und deine Zeitschrift auswendig lernen«, giftete er zurück.

»Ich weiß nicht so recht«, sagte ich. »Was ist, wenn Hagendorf heute irgendetwas startet? Und wir verpassen es dann.«

»Und wenn wir heute einen Beweis für Ronnys Schuld finden könnten und das verpassen, weil wir hier sitzen?«, fragte Debbie.

Na ja, diese Logik hatte was für sich.

»Wir könnten uns aufteilen«, schlug Fetcher vor. Eine gute Idee, aber niemand von uns hatte Lust, allein im Autowrack hocken zu bleiben.

Also machten wir uns zu dritt auf, in der Hoffnung, dass Ronny noch nicht unterwegs war. Ronny zu beschatten würde viel schwieriger werden. Er war von Natur aus misstrauisch.

Wir knieten uns hinter eine Bank gegenüber von seinem Haus und äugten durch die verrotteten Streben.

»Das Autowrack ist viel bequemer«, sagte Debbie. »Wir sollten doch lieber Hagendorf beobachten.«

»Bring dir doch nächstes Mal einen Campingstuhl mit«, schlug Fetcher vor.

»Toll«, sagte sie. »Hast du noch mehr Superideen?«

»Du kannst ja ein Auto knacken und dich da reinsetzen«, schlug Fetcher vor. »Damit hast du bestimmt Erfahrung.«

»Haltet doch mal die Klappe. Eure ewige Streiterei geht mir auf die Eier«, sagte ich.

Nach einer Weile taten uns die Beine weh vom ewigen Hocken. Debbie stand auf und streckte sich.

»Komm wieder runter«, zischte Fetcher.

Debbie ignorierte ihn. Ich stand auch auf, es wurde mir langsam zu blöd, wie ein Hund hinter der Bank zu kauern.

»Wir müssen uns woanders verstecken, das hält man ja nicht aus«, stöhnte Debbie.

In diesem Moment zog Fetcher uns runter. Gerade rechtzeitig, denn Ronny stürmte aus dem Haus.

»Ich glaube, er hat uns gesehen«, flüsterte Fetcher.

Ronny schirmte mit der Hand seine Augen ab und glotzte in unsere Richtung. Wir duckten uns, so tief es ging. Aber er hatte uns wohl nicht gesehen, denn er setzte sich auf seinen Roller, startete und tuckerte im Schritttempo los, wobei er mit einer Hand lenkte und sich mit der anderen eine Kippe anzündete.

»Was für ein Angeber«, ächzte Fetcher.

Dann bog Ronny um die Ecke. Wir hockten da und guckten uns überrascht an. Dummerweise hatten wir uns keine Gedanken darüber gemacht, wie wir Ronny verfolgen sollten. Wir konnten ihm ja schlecht mit dem Bus nachfahren.

»Los, hinterher«, entschied Debbie und sprang auf.

»Bist du irre, wir können ihn doch nicht zu Fuß verfolgen. Ich bin doch kein Sprinter«, schimpfte Fetcher. Aber Debbie war schon losgerannt. Wir hasteten hinter ihr her und hatten sie an der Ecke fast eingeholt, da winkte sie uns, hinter ihr zu bleiben. Keuchend spähten wir über ihre Schulter. Ich zog den Kopf zurück, als hätte ich mich verbrannt. Nur etwa drei Meter weiter hockte Ronny auf seinem Roller und quatschte mit Mandy. Zum Glück stand er mit dem Rücken zu uns.

»Mann, die ist aber hübsch«, flüsterte Fetcher mir zu.

»Stimmt«, flüsterte ich zurück.

Debbie drehte sich zu uns um. »Und total dämlich. Alex stand auch mal auf sie«, zischelte sie.

»Ronny tröstet sich ja schnell. Du warst wohl doch nicht seine große Liebe«, ärgerte ich Debbie. Sie rammte mir ihren Ellbogen in den Magen, dass mir die Luft wegblieb. Ich presste mir die Hand auf den Mund, um nicht aufzustöhnen. Aber Ronny hätte mich sowieso nicht gehört. Er hatte gerade den Motor aufheulen lassen. Mandy schüttelte den Kopf. Anscheinend hatte Ronny sie zu einer Spritztour eingeladen. Nach einer Weile gab er auf und fuhr langsam weiter. Wir liefen geduckt hinter ihm her, immer dicht an der Hauswand entlang, aber ein paar Meter weiter, vor dem Bäcker, hielt er schon wieder an.

Wir versteckten uns auf der anderen Straßenseite hinter einem Müllcontainer und sahen Ronny beim Kuchenkaufen zu.

Die Sonne brannte auf den Müllcontainer. Es stank fürchterlich.

Debbie hielt sich die Nase zu. Ein Schwarm Fliegen surrte um unsere Köpfe.

Ronny kam kauend aus dem Laden und fuhr langsam weiter.

Wir nutzten jede Möglichkeit zur Deckung, doch plötzlich gab er Gas.

»Los!«, rief Debbie und sprintete los.

Wir hasteten über die vollgeschissene Wiese, Debbie voraus, ich als Zweiter, Fetcher war weit abgeschlagen. Lange mussten wir nicht laufen. Nur bis zum Supermarkt, in dem Ronny verschwand, während wir draußen warteten und uns hinter ein Auto duckten. Zwischendurch wechselten wir das Versteck, da der Autobesitzer vom Einkaufen kam und mit unserer Deckung wegfuhr. Dann erschien Ronny mit einem Träger Bier. Eins machte er gleich auf und trank es auf Ex. Ein zweites in der Hand, fuhr er los.

»Anscheinend will er wieder nach Hause«, sagte Debbie und rannte los. Fetcher und ich sprinteten hinterher. Hoffentlich hatte sie recht.

Wir nahmen eine Abkürzung zwischen zwei Blöcken hindurch und hockten rechtzeitig hinter der Bank, als Ronny langsam um die Kurve kam, den letzten Rest Bier austrank und die Flasche in unsere Richtung schmiss. Sie zerplatzte am Holz, und ein paar Scherben flogen uns um die Ohren.

Ronny bretterte den Bürgersteig hoch, fuhr um die Bank herum und stand in seiner ganzen Pracht vor uns.

Ich konnte jeden Pickel in seinem wütenden Gesicht erkennen.

»Am liebsten würde ich euch auf die Fresse hauen, ihr Kanaken«, polterte er los und holte aus. Wir zogen die Köpfe ein. »Aber ich habe heute Geburtstag, und da verschone ich euch.«

»Herzlichen Glückwunsch, Ronny«, stotterte ich.

»Die Kaiser im alten Rom haben an ihrem Geburtstag immer ein paar Sklaven freigelassen«, sagte Fetcher.

Ronny sah ihn wütend an. »Ja, und die anderen hingerichtet.«

Fetcher und Ronny starrten sich an. Er konnte Fetcher nicht einschätzen.

»Ihr glaubt wohl, ich bin blöd, was?«, sagte Ronny. »Ich habe euch schon von oben gesehen, ihr Kasper. Wir haben so was bei der Wehrsportübung trainiert.« Er schien wirklich stolz auf sich zu sein. »Ihr glaubt wohl, ihr könnt mich verarschen, was? Das haben schon ganz andere versucht. Denen ihre Knochen verschimmeln jetzt in der Oder. Ihr Wichser!« Er rotzte Fetcher vor die Füße.

»Wo hast du das Geld für den Roller her, Ronny?«, fragte Debbie. Ich musste sie einfach bewundern. Sie ließ sich nicht im Geringsten von diesem Arschloch beeindrucken.

Dafür war Ronny beeindruckt. »Wieso?«, fragte er kleinlaut.

»Vielleicht hast du ihn ja von Frau Neuhaus' Geld gekauft.«

Für einen Moment wirkte Ronny verunsichert. »Du spinnst wohl. Willst du mir was anhängen? Dein beschissener Alex hat die Alte umgebracht.« Plötzlich wechselte er das Thema. »Willst du nicht zu meiner Geburtstagsparty kommen, Debbie? Ist doch Scheiße, wenn du dich mit diesen Kindern rumtreibst. Man redet schon schlecht über dich in der Siedlung. Ich meine, du hängst mit einem Mörder rum. Komm schon, du gehörst doch zu uns. Noch kannst du zurück.«

»Nee, lass mal«, sagte sie. »Ich weiß schon, wo ich hingehöre.«

Ich hätte sie knutschen können.

»Dann verpiss dich doch, du Schlampe«, sagte Ronny und sah aus, als wenn er ihr am liebsten eine reinhauen wollte. »Und nimm deine Judenbengels mit, bevor ich es mir anders überlege. Außerdem kommt Hermes gleich. Der hat nicht so viel Geduld mit euch.« Er entließ uns mit einer Handbewegung. »Und was das Geld für den Roller angeht.« Er winkte uns mit dem Zeigefinger, wobei er aussah wie die böse Hexe im Märchen. »Das geht euch einen Scheißdreck an, ihr Kanaken.«

»Das war knapp«, sagte Fetcher erleichtert, als wir uns wieder auf den Weg zum Autowrack machten.

»Und jetzt?«, fragte ich.

»Wir geben Otter einen Tipp«, sagte Debbie. »Anonym. Das dürfte den doch auch interessieren, wie Ronny zu Kohle gekommen ist. Außerdem können wir weiter hinter Hagendorf herspionieren, während sich Otter mit Ronny beschäftigt.« Debbie sah uns triumphierend an.

»So schlecht ist die Idee gar nicht, für ein Mädchen«, sagte Fetcher und schnalzte mit der Zunge. »Wir können sowieso nicht beide beobachten, und Otter kann ruhig auch mal was tun.«

Als wir wieder im Auto saßen, rief Fetcher Otter mit meinem Handy an.

»Hallo«, hörte ich Otters Stimme.

»Hallo, ist da die Polizei?«, ächzte Fetcher. Er redete durch ein Taschentuch und machte einen auf alten Knacker. Debbie und ich verkniffen uns das Lachen.

»Wer ist denn da?«, fragte Otter noch mal.

»Sage ich nicht«, antwortete Fetcher, was mich noch mehr zum Lachen brachte.

»Bist du verrückt, der kann dich doch hören«, zischte Fetcher leise.

»Wer ist da noch bei Ihnen? Ich höre doch jemanden«, hörte ich Otter rufen.

Ich bekam einen Lachflash und konnte nicht aufhören. Es war, als ob ein böser Clown in mir saß, seinen Kopf rausstreckte und mich meckernd auslachte, weil ich so blöd war, in diesen Schlamassel zu geraten. Debbie und Fetcher glotzten mich an, als wäre ich durchgeknallt. Was ich in diesem Moment auch war.

Fetcher stieg aus und telefonierte weiter mit Otter. Es sah zu komisch aus, wie er da stand und durch ein Taschentuch sprach, und so musste ich noch mehr lachen.

»Merkst du noch was?«, rief er wütend, als er wieder im Auto saß.

»Du bist ja nicht ganz dicht. Ich mache für dich die Drecksarbeit, und du findest das alles lustig, was?« Er war scheißsauer.

»Mann, ich habe doch nur ein bisschen gelacht. War echt witzig«, verteidigte ich mich.

Fetcher war auf Hundertachtzig.

»Komm mal wieder runter!«, sagte ich lachend.

»Komm mal runter? Ist das alles? Dir ist alles scheißegal, was? Du nimmst nichts ernst. Für dich ist alles nur ein Spaß, und wir sind die Doofen, die dir die Zeit vertreiben.«

»Jetzt übertreib aber nicht«, warf Debbie ein. »Alex steht unter Druck. Wie wärst du denn drauf an seiner Stelle?«

Fetcher winkte ab. »Darum geht es nicht.«

»Um was denn?«, fragte sie laut.

»Darum, dass er nur zuguckt, wie die anderen sich einen abbrechen. Und er steht da und grinst sich eins.«

»Du bist echt ungerecht, du Arschloch«, schimpfte Debbie. Sie redeten über mich, als wäre ich gar nicht da.

»Alex steht für nix ein. Nicht mal für sich selbst«, schimpfte Fetcher weiter. »Das kotzt mich an. Wisst ihr was, ihr könnt ab jetzt allein Detektiv spielen. Scheiße.«

Die Autotür schlug krachend zu, und weg war er.

Ich sah Debbie an und zuckte mit den Schultern.

»Weißt du«, sagte Debbie langsam. »Ein bisschen hat er ja recht. Du wirkst wirklich manchmal, als ob du das alles nicht so ernst nimmst.«

»Spinnst du jetzt auch?«

»Mensch, Alex, ich bin doch auf deiner Seite«, sagte sie.

»Was sollen dann diese Spießersprüche?«

»Vielleicht solltest du mal hinter Fetcher hergehen«, schlug Debbie vor.

Das Gespräch wurde langsam richtig ätzend, und ich wurde langsam ziemlich sauer. »Du kannst mich mal! Ich brauche euch nicht«, schrie ich und ließ Debbie sitzen.

Als ich ein paar Schritte gegangen war und mich ein bisschen beruhigt hatte, ging es mir schon besser. Scheiße, dachte ich. Du musst mal cool bleiben und nicht gleich ausflippen, wenn dich einer kritisiert. Vielleicht hatten die beiden ja auch nicht Unrecht. Ein bisschen zumindest.

Aber das ist eben so meine Art, dachte ich. Da müssen die anderen mit klarkommen. Ich muss ja auch mit deren Spinnereien klarkommen.

Debbie war ausgestiegen, hatte sich gegen die Kühlerhaube gelehnt und tippte in ihr Handy.

Fetcher stand noch an der Haltestelle. Ich sprintete los, denn der Bus bog um die Ecke.

»Hey!«, sagte ich. »Warte doch mal.« Mehr fiel mir nicht ein.

Fetcher ließ den Bus sausen. Ich wusste nicht, was ich sagen sollte, und Fetcher auch nicht. Also standen wir eine Weile blöd rum und glotzten den Autos nach.

»Hat dein Alter schon was wegen seiner Versetzung nach Berlin unternommen?«

»Sieht gut für ihn aus. Die brauchen Leute in Berlin.«

»Deine Mutter ist jetzt happy, was?«

Er nickte.

»Na ja, Berlin ist ja nicht so weit weg, wir könnten uns echt mal am Wochenende besuchen«, schlug ich vor.

Er nickte wieder. Langsam ging er mir damit auf die Nerven. Was haben die Leute immer zu nicken? Dämliche Angewohnheit.

»Sollen wir Hagendorf noch ein bisschen beobachten?«, schlug ich vor. Und dann sagte ich etwas, das mir normalerweise nie über die Lippen gekommen wäre. »Hey, tut mir echt leid.«

Er nickte. Wenn er das noch einmal tat, würde ich ihm eine reinhauen, beschloss ich. Kumpel hin oder her.

»Ja. Vielleicht haben wir bei Hagendorf heute mehr Glück.« Fetcher hatte wieder diesen fiebrigen Ausdruck in den Augen. Ihm gefiel diese ganze Detektivspielerei.

Wir beobachteten wieder Hagendorfs Haus.

Gegen eins ging seine Frau weg. Wir überlegten kurz, ob wir hinterher sollten, aber vermutlich ging sie nur zur Arbeit oder zum Einkaufen. Wir warteten lieber auf ihren Mann. Aber das scheiß Rumsitzen machte uns fast alle. Die Sonne schien aufs Blech, und wir fingen an, da drin zu kochen. Wir waren nass bis auf die Haut, als Hagendorf gegen drei Uhr endlich mal auftauchte. Er blinzelte in die Sonne, streckte sich und zündete sich eine Kippe an.

»Der ist bestimmt gerade aufgestanden«, sagte Debbie angewidert.

*15.05 Uhr. Zielperson tritt aus dem Haus. Sie trägt eine helle, dünne Windjacke, braune Slipper, eine gelbe Hose und eine Plastiktüte mit dem Aufdruck »Hirsch-Apotheke«.*

»Du hast die weißen Strümpfe vergessen«, sagte Debbie. »Und die Farbe der Unterhose ist sehr wichtig. Das müssen wir unbedingt rausfinden.«

Ich verkniff mir das Lachen.

Fetcher war immer noch angefressen. »Pfff, du hast doch keine Ahnung, Debbie. Vielleicht brauchen wir diese Informationen noch mal. Für die Aussage bei der Polizei.«

»Du bist echt ein Spinner.«

»Hört auf zu streiten«, mischte ich mich ein. Fast wäre uns Hagendorf deswegen entkommen.

Ich konnte schon den Bus sehen, und Hagendorf ging im Laufschritt zur Haltestelle. Jetzt ging die blöde Rennerei wieder los.

Debbie war als Erste am Bus und stellte sich auf die Stufen, um die Tür zu blockieren. Ich kam als Zweiter, weit hinter mir Fetcher. Der Fahrer guckte schon böse in seinen Rückspiegel. Wir verteilten uns im Bus. Das war Fetchers Idee. Dann würde Hagendorf, wenn er sich mal umdrehte, uns nicht alle auf einmal entdecken. Ich saß auf der letzten Bank hinter einer Frau mit Hut, hinter dem ich hin und wieder hervorguckte.

Auch dieses Mal fuhr Hagendorf in die Innenstadt. Und wieder latschte er als Erstes zur Dönerbude, wo er sich ein Bier genehmigte.

»Der arme Verkäufer«, sagte Fetcher.

Eine Weile blieb er da stehen, rauchte ein paar Zigaretten

und quatschte auf ein paar Leute ein, die auch Bier tranken und die er anscheinend kannte. Plötzlich zückte einer von denen seine Brieftasche und gab Hagendorf einen Geldschein. Wie viel es war, konnte ich nicht erkennen. Hagendorf hatte es plötzlich ziemlich eilig.

Er winkte seinen Kumpels und huschte die Hauptstraße runter, rannte über eine rote Ampel, über die toten Straßenbahngleise und bog in die Fußgängerzone ein. Er ließ die ganzen leer stehenden Geschäfte hinter sich, bis er zum Hegelplatz kam. Dahinter, in einer Seitenstraße, verschwand er in einem Wettbüro.

»Was jetzt?«, fragte Debbie. »Da kommen wir nicht rein.«

»Wir warten hier«, sagte Fetcher.

»Ach was. Ihr bleibt hier«, meinte ich und huschte durch die Tür ins Halbdunkle des Salons. Ein paar Spielautomaten blinkten an der Wand. Neben der Tür saß ein bulliger Aufpasser, der die Stirn runzelte, als er mich sah.

»Ich suche meinen Vater«, erklärte ich ihm.

Der Bulle blieb stumm und musterte mich nur böse.

»Der hat die ganze Stütze mitgenommen. Und meine Mutter hat jetzt Angst, dass er alles verzockt. Dann haben wir den ganzen Monat wieder nichts zu essen. Ich und meine sechs Geschwister.«

»Hm, hm«, machte der Aufpasser. »Das ist ja scheißtraurig. Aber glaubst du vielleicht, dass mich das interessiert? Erzähl deinen Scheiß der Heilsarmee. Verschwinde, aber dalli!« Der Bulle stand drohend auf, und ich trat den Rückzug an. Hagendorf hatte ich nicht gesehen.

»Was sollte das denn?«, empfing mich Debbie. »Was, wenn Hagendorf dich gesehen hätte?«

»Hat er aber nicht«, sagte ich schlecht gelaunt.

Ich ärgerte mich über mich selber. Ich hatte zu dick aufgetragen. Es wurde Zeit, meine Taktik mal zu überdenken.

Debbie starrte durch die schmutzigen Gardinen des Spielsalons, konnte aber nichts erkennen.

»Wir müssen da auch nicht rein«, sagte Fetcher. »Wir wissen doch, was er da drin macht. Geld verwetten.«

Zum Glück mussten wir nicht lange warten. Hagendorf war schnell wieder draußen. Er stand einen Augenblick mit finsterem Gesicht vor dem Spielsalon, bevor er sich auf den Weg machte.

»Was der für eine Fresse zieht«, sagte Fetcher.

»Hat wahrscheinlich alles verloren«, meinte Debbie.

Hagendorf fuhr nach Hause, und wir landeten wieder im Autowrack.

»Mann, das hat sich ja gelohnt. Am besten, wir brechen unsere Aktion für den heutigen Tag ab«, schlug Fetcher vor.

Debbie und ich stimmten ihm zu. Es war sowieso bald Zeit für den Anwalt.

Wir brachten Fetcher noch zur Bushaltestelle, dann machten Debbie und ich uns auf den Weg.

# 22

Dennis und der Alte standen schon vor der Tür und warteten. Der Alte trug seinen einzigen Anzug. In dem Teil hatte er geheiratet, und das war schon über zwanzig Jahre her.

Wir fuhren in einen Teil von Schwedt, den ich gar nicht kannte. Da gab es richtige Villen. Riesige Häuser mit noch riesigeren Gärten. Ich war baff, dass es so was in Schwedt gab. In letzter Zeit kam ich richtig rum in meiner Heimatstadt.

»Hier würde sich ein Bruch mal richtig lohnen«, sagte ich laut, wofür ich mir vom Alten einen bösen Blick einfing.

Und überall standen fette Schlitten vor den Türen. Wir duckten uns automatisch in unserer verbeulten Karre, was Schwachsinn war, da uns in dieser Gegend ja sowieso keiner kannte.

Ich fragte mich nur, womit der Alte so einen teuren Anwalt bezahlen wollte.

Dennis wartete im Wagen, während Debbie, der Alte und ich durch den sauber gestutzten Vorgarten schlichen. Eine hübsche Blondine machte die Tür auf.

»Ja?«, flötete Blondie. Aber als sie unser Outfit sah, wurde ihr Ton gleich kühler. Sie dachte bestimmt, wir wären Schnorrer.

»Wir haben einen Termin«, sagte der Alte und räusperte sich.

Da wurde Blondie etwas freundlicher. Sie ließ uns rein und verfrachtete uns ins Wartezimmer. Dann verschwand sie hinter ihrem Schreibtisch. Von ihrem Platz aus hatte sie uns gut im Blick, und ich merkte, wie sie uns hin und wieder scharf beäugte. Wahrscheinlich überlegte sie, ob sie die Bullen rufen sollte.

Da ging eine dicke Holztür auf, und der Anwalt erschien. Er war ein fetter Zwerg mit grauen Haaren und Pferdeschwanz. Alles schön straff nach hinten gebürstet. Mann, was für ein Vogel.

»Was ist mit dem nächsten Termin?«, fragte er Blondie, ohne uns zu beachten.

Sie wollte gerade antworten, da stand der Alte auf und sagte: »Guten Tag, Richard.«

»Hallo, Jens«, strahlte der Zwerg und schüttelte dem Alten die Hand.

Ach du Scheiße, dachte ich, wen der Alte so alles kannte.

»Alex, nicht wahr? Freut mich sehr«, sagte der Anwalt und hielt mir seinen fetten Greifer hin. Der Typ war mir auf Anhieb so was von unsympathisch. Ich schüttelte seine schlaffe Hand, wobei er mich anstrahlte, als würden wir uns schon ewig kennen. Dabei hatte er null Interesse an mir. Das sah ich sofort. Und Debbie guckte er nicht mal richtig an, als er ihr die Hand gab.

»Bring uns mal einen schönen Kaffee, mein Schatz«, kommandierte er Blondie rum, die auch gleich aufsprang und in der Küche verschwand.

»Kaffee ist euch doch recht?«, fragte er den Alten und fügte noch hinzu: »Ich habe da auch noch einen wunderbaren Cognac. Na, kommt erst mal rein.«

Wir marschierten hinter ihm her in sein Büro.

Als wir saßen und Blondie die Getränke gebracht hatte, meinte der Anwalt: »Dein alter Herr und ich waren zusammen bei der Armee, stimmt's, Jens?«

Der nickte selig und kostete von seinem Cognac.

»Wir haben nichts anbrennen lassen«, sagte der Anwalt und blinzelte Debbie zu. Die rutschte auf ihrem Stuhl hin und her. Dieser Typ war ihr genauso unangenehm wie mir. Er würde sowieso nichts für mich tun.

Dann erzählte der Kerl langweilige Anekdoten von ihrer gemeinsamen Armeezeit. Merkt der Alte gar nicht, was für ein eitler Schleimer sein alter Kumpel war? Außerdem spielte der Kerl in einer ganz anderen Liga. Alles stank nach Kohle. Das war eindeutig der falsche Ort für uns.

Als der Anwalt genug gequatscht hatte, ging es endlich um mich.

Der Alte war schon etwas angeschlagen von dem Cognac. Sein guter Kumpel Richard hatte dauernd nachgeschenkt.

»Und?«, fragte er leicht lallend. »Haust du meinen Jungen raus?«

Der Anwalt wippte in seinem Sessel. Er hatte die Hände über dem fetten Bauch verschränkt und schien zu überlegen.

»Das wird nicht leicht«, sagte er nach einer Weile. »Aber vielleicht können wir da was drehen. Ich könnte mit der Staatsanwaltschaft einen Deal machen. Aber ...« Er glotzte in meine Richtung. »... du musst natürlich gestehen.«

Der Alte lief rot an. »Richard, hör mal. Er ist unschuldig.«

Der Anwalt ging gar nicht darauf ein. »Ich könnte deine Strafe etwas runterdrücken, Junge. Aber du musst mit dem Gericht kooperieren.«

»Richard, hör doch mal«, versuchte es der Alte wieder, aber der Anwalt hörte ihm gar nicht zu.

»Ich habe deine Akte studiert, Junge«, schwafelte er weiter.

Wie mir dieses Junge-Getue auf den Sack ging. Arroganter Wichser!

»Es spricht zu vieles gegen dich.« Er machte eine Pause. »Und es gibt nichts, was dich entlastet.«

»Aber er ist doch unschuldig«, warf Debbie ein.

Der Anwalt seufzte, als würde er mit Schwachsinnigen reden. Wir waren eindeutig unter seinem Niveau. Und jetzt musste er sich, der guten alten Zeiten wegen, mit dieser Scheiße beschäftigen. Wahrscheinlich würde er lieber seine blonde Vorzimmermieze vernaschen.

»Jetzt mal Klartext«, sagte der Anwalt und trommelte mit seinen Wurstfingern auf der Tischplatte rum. »Wir haben nichts in der Hand. Mir persönlich ist es doch egal, ob du die alte Frau erschlagen hast oder nicht. Ich bin nicht der Richter. Aber es ist nicht mehr lange bis zur Verhandlung, und wenn jetzt nicht in letzter Sekunde ein Mörder aus dem Gebüsch springt, sehe ich schwarz für dich, Junge. Es geht hier nicht um Schuld oder Unschuld, sondern darum, wie man sich verkauft.« Er grinste mich dämlich an. »So leid es mir für dich tut, Junge. Aber genau da müssen wir ansetzen.«

»Aber ich war es doch nicht«, sagte ich laut.

»Wenn ich jedes Mal Geld für diesen Satz bekommen würde, wäre ich Millionär«, kicherte der Anwalt.

Er beugte sich in meine Richtung. »Mich brauchst du

nicht zu überzeugen. Ich habe schon Leute rausgehauen, die einiges mehr auf dem Kerbholz hatten.«

Ich hätte ihm am liebsten in seine grinsende Visage gehauen. Dieser kleine Streber. In der Schule hatte er garantiert von den anderen aufs Maul gekriegt. Und jetzt rächte er sich eben auf diese Weise. Ich sah zum Alten rüber, aber der hatte glücklicherweise auch schon gemerkt, was für ein Wichtigtuer sein alter Kumpel war.

Der Alte stand auf und sagte: »Ich glaube, wir sind hier falsch. Ich dachte, du wärst ein seriöser Verteidiger.« Der Anwalt glotzte ihn böse an und stand auch auf. »Tja, wenn das so ist! Ich habe Wichtigeres zu tun, als kleine Gauner zu verteidigen.«

Oh Mann! Der Alte kochte vor Wut. Ich rechnete sogar damit, dass er ihm eine reinhaute, aber er drehte sich nur wortlos um, winkte uns und ging raus. Debbie und ich trotteten im Gänsemarsch hinterher.

Dennis war nicht zu sehen. Wahrscheinlich drehte er eine Runde um den Block.

»In so einer Situation trennt sich die Spreu vom Weizen«, sagte der Alte. »Da weiß man, wer seine wahren Freunde sind. Tut mir leid, Alex.«

»Macht nix, Papa«, sagte ich. »War einen Versuch wert.«

»Ich kenne da noch einen anderen Anwalt.« Aber er merkte selber, wie lächerlich das klang, und lachte. »Aber einen Anwalt müssen wir dir so oder so besorgen. Irgendjemand muss dich ja vor Gericht verteidigen.«

»Lass mal«, sagte ich. »Wird sich eh bald alles aufklären.«

Debbie warf mir einen warnenden Blick zu, aber meine Klappe, einmal in Bewegung, ließ sich nicht mehr aufhalten.

Und so verriet ich dem Alten unseren Verdacht gegen Hagendorf und Ronny. Der Alte wurde abwechselnd blass und rot, zwischendurch auch mal grün.

»Ich will nicht, dass ihr da selber was dreht. Das ist Sache der Polizei«, sagte er. »So was ist gefährlich. Außerdem habt ihr gar keine Beweise. Was ist, wenn ihr euch irrt? So was bringt nur Probleme. Debbie, red den Jungs diesen Quatsch aus.«

Debbie schwieg.

»Du also auch, Debbie«, sagte der Alte traurig und schüttelte den Kopf.

Inzwischen fing es an zu regnen. Dicke Tropfen zerplatzten auf unseren Köpfen. Zum Glück hatte der Alte einen Schirm dabei, den er jetzt aufklappte, während er Debbie und mich ins Gebet nahm. Wir drängelten uns unter diesen Riesenschirm wie drei Zwerge unter einen Pilz.

# 23

Das Klingeln weckte mich. »Macht doch mal auf«, rief ich, bis mir einfiel, dass der Alte zum Amt gegangen war und Nora bei Dennis schlief. Ich linste durch den Spion und erkannte nichts, weil ich vor Müdigkeit einen Schleier vor den Augen hatte.

»Mach auf, Alex!«

Da wurde ich schlagartig wach. Es war Otter. Er stand draußen und hämmerte gegen die Tür.

»Ich weiß, dass du da bist.«

Kaum hatte ich sie einen Spalt aufgemacht, schob Otter mich weg und stand im Flur.

»Wo ist denn Ihr Durchsuchungsbefehl? Oder sind das Ihre neuen Methoden?«

Er lächelte nur müde. »Du kapierst es einfach nicht, was?«

Ich ging in die Küche, um mir einen Kakao zu machen. Otter kam hinter mir her, setzte sich an den Küchentisch und schob angewidert die dreckigen Teller weg.

»Was soll dieser Scheiß?«, legte er los.

»Welcher Scheiß?«, fragte ich und wusste wirklich nicht, was er meinte.

»Stell dich doch nicht dümmer, als du bist. Den Verdacht

auf Ronny zu lenken ist ja schon irgendwie dummdreist, aber von deinem eigenen Handy aus anzurufen, das ist schon ziemlich dämlich. Du hättest wenigstens die Rufnummer unterdrücken sollen, damit ich sie nicht auf dem Display sehe.«

»Mach ich das nächste Mal, versprochen«, sagte ich und wurde rot.

Otter faltete die Hände auf dem Tisch, als ob er beten wollte, und sagte: »Mensch, Alex, denk doch mal nach. Du kannst nicht einfach andere Leute beschuldigen.«

»Wenn Sie unfähig sind, den Mörder zu finden, muss ich das eben machen. Haben Sie mal nachgeprüft, wo Ronny die Kohle für den Roller herhat?«

Otter seufzte. »Habe ich«, sagte er wie zu einem kleinen Kind, dem er eine Sache zum hundertsten Mal erklären muss. »Auch wenn du es nicht glaubst, aber Ronny ist auf legalem Weg zu Geld gekommen.«

»Wie denn? Hat er von ein paar Drittklässlern Schutzgeld kassiert?«

Otter starrte mich an, und ich starrte zurück.

»Das bringt doch nichts«, sagte Otter leise. »Warum erzählst du mir zur Abwechslung nicht mal die Wahrheit?«

Dieser Idiot hatte gut reden. Es ging ja auch nicht um seinen Arsch.

»Du verrennst dich, Alex. Stell dich lieber der Realität.«

Jetzt fing der auch noch mit dieser Scheiße an. Fehlte nur noch, dass er sagte, werd endlich mal erwachsen.

»Werd endlich mal erwachsen!«

Da fiel mir nichts drauf ein.

Er schüttelte den Kopf. Ein paar Schuppen rieselten aus

seinen schütteren Haaren. »Ich habe übrigens etwas für dich«, sagte er. »Ich dachte, ich gebe es lieber selbst ab, das spart der Gemeinde das Porto.« Otter hielt mir einen dicken Briefumschlag hin. »Nimm schon«, sagte er, als ich zögerte. »Da drin ist die Vorladung zu deinem Prozess. Gib das deinem Vater. Und bis dahin solltest du schon mal deine Tasche packen. Vor Gericht nützen dir deine Sprüche nämlich gar nichts.« Er stand auf. »Mir reicht es mit Jungs wie dir. Ich habe die Schnauze voll von euch. Ihr prügelt, klaut, betrügt, und wenn es ernst wird, fangt ihr an zu winseln und schiebt die Schuld auf andere.« Ohne sich zu verabschieden, drehte er sich um und ging. Ich zerschmiss eine Tasse vor Wut.

Ich wog den dicken Brief in meiner Hand. Meine Zeit lief ab. Mir war zum Heulen zumute.

Ich zog mich an und holte Debbie ab.

Fetcher saß schon in der Karre, mit dem Feldstecher auf den Knien. Ich erzählte ihm die Geschichte mit Otter.

»Ach, wer weiß, was Ronny denen aufgetischt hat«, sagte er. »Aber wir bleiben dran. Morgen bringe ich meinen Fotoapparat und mein Diktiergerät mit. Dann verschärfen wir unsere Observation.«

Ich nickte müde. Ja, sicher, verschärfen. Mit Fotoapparat und Diktiergerät und allem Drum und Dran.

»Vielleicht könnten wir auch Fingerabdrücke nehmen«, schlug ich vor, aber Fetcher ging nicht darauf ein.

Wir saßen vier Stunden rum, ohne dass sich was tat.

»Ich muss los«, sagte Fetcher irgendwann. »Meine Eltern kriegen Besuch von einem Makler aus Berlin, und ich soll dabei sein. Ich sehe euch morgen.« Er hastete davon.

Debbie und ich hatten keine Lust mehr, noch länger rumzusitzen. Da gingen wir lieber an der Oder spazieren. Ich musste sowieso ständig an den bevorstehenden Prozess denken.

»Das hat doch alles keinen Sinn mehr«, sagte ich. »Die verknacken mich.«

»Ach was«, versuchte Debbie, mich zu beruhigen, aber ihr fiel auch nichts ein.

Sie hakte sich bei mir unter. In der Ferne hörte ich Schreie. Mir war, als rief jemand meinen Namen. Doch als ich mich umdrehte, sah ich niemanden. Gerade wollte ich weitergehen, da hörte ich wieder meinen Namen. Und da sah ich ihn. Ronny! Er sah ziemlich wütend aus und rannte genau auf uns zu. Über seinem Kopf schwang er eine Baseballkeule.

Debbie und ich rannten quer über die Wiese. Ronny war ziemlich flink, fast hatte er uns erreicht, da stolperte er über einen Maulwurfshügel und flog lang hin. »Du blödes Arschloch, ich mach dich kalt«, schrie er hinter uns her.

Als er sich aufgerappelt hatte, hatten wir schon genug Vorsprung. Ich zog Debbie in Richtung Bushaltestelle. Zu unserem Glück stand der 31er abfahrbereit da. Die Türen waren schon geschlossen, aber ich hämmerte dagegen, und der Fahrer machte noch mal auf.

»Mach zu und fahr los«, rief ich dem Busfahrer zu.

Er drehte sich zu mir um und wollte gerade was zu mir sagen, da entdeckte er Ronny, der wie ein wilder Stier auf den Bus zusprintete.

Noch mit offener Tür fuhren wir los.

Ronny versuchte, seine Baseballkeule in den Bus zu werfen, verfehlte ihn aber. Wütend hob er sie auf und zerschlug sie auf dem Asphalt.

# 24

»Das ist ja total irre«, sagte Fetcher, als ich ihm am nächsten Tag von unserem Erlebnis mit Ronny erzählte. »Der Typ ist ja gemeingefährlich. So einer darf gar nicht frei rumlaufen.«

»Ach, wenn es danach ginge, dürften eine Menge Leute nicht frei rumlaufen«, sagte ich seufzend.

»Achtung!«, sagte Debbie.

Wir duckten uns in die Sitze des Autowracks. Hagendorf steuerte genau auf uns zu. Vor der Kühlerhaube blieb er stehen und kratzte sich ausgiebig am Sack, bevor er weitertrabte zur Bushaltestelle. Wir hefteten uns an seine Fersen.

Wieder ging es in die Innenstadt. Und wieder landete Hagendorf an der Dönerbude, wo er ein Bier trank und auf etwas zu warten schien, denn er schielte andauernd auf seine Uhr.

Ich hielt nach allen Richtungen Ausschau, bis Debbie mich anstieß. Aber ich hatte den Wagen auch gesehen.

»Das ist er«, sagte ich zu Fetcher.

»Der schwarze Mercedes?«, fragte er.

Ich nickte.

Der Wagen parkte direkt vor der Dönerbude im Halteverbot. Dann schwang sich der Zuhältertyp aus der Karre. Er trug rote Cowboystiefel. So richtige Ludendinger. Aber irgendwie auch cool.

»Bäh, sind die eklig«, sagte Debbie.

»Absolut«, sagte ich schnell.

Der Zuhältertyp winkte Hagendorf ran, und sie unterhielten sich.

»Wir müssen uns verteilen«, befahl Fetcher. Er hatte Blut geleckt.

»Debbie, du gehst in das Geschäft rein und beobachtest die beiden mit dem Fernglas. Wenn die Verkäuferin fragt, was du da machst, sagst du, du nimmst an einem Schulprojekt teil. In der Regel reicht den Leuten so was als Erklärung. Du musst genau beobachten, was sie machen. Vielleicht tauschen sie ja was aus. Und du, Alex, wartest am Taxistand. Falls sie mit dem Auto wegfahren, können wir sie verfolgen. Hast du Geld, damit du notfalls auch allein fahren kannst, falls Debbie und ich es nicht schnell genug schaffen?«

»Nee, aber meine goldene Kreditkarte, oder meinst du, die nimmt der Taximann nicht?« Mann, der hatte vielleicht Nerven. Ich hatte nicht mal Kohle für den Bus. Warum fuhr ich denn wohl immer schwarz?

»Hier, nimm«, sagte er und gab mir fünfzig Euro.

»Wo hast du so viel Kohle her? Hast du deine Alten beklaut?«

»Taschengeld«, sagte er nur.

Debbie und ich sahen uns an. Taschengeld hatten wir noch nie bekommen.

Mit der Kohle in der Tasche, stellte ich mich an den Taxistand und guckte zum Imbiss rüber. Debbie stand hinter der Scheibe vom Schreibwarenladen und glotzte durchs Fernglas. Fetcher stellte sich an den Dönerstand und versuchte, Hagendorf und den Ludentypen zu belauschen.

Neben dem Taxistand war ein Bäcker. Die Kuchenstücke im Schaufenster lachten mich an, und mir fiel ein, dass ich seit Stunden nichts gegessen hatte. Bin ja nur eine Minute weg, dachte ich, und huschte in den Laden. Aber es war voll und ich musste warten. Zwischendurch lief ich vor die Tür, um mich zu vergewissern, dass noch alle an ihrem Platz waren.

Als ich dann endlich mit meinem Kuchenstück aus dem Laden kam, standen Fetcher und Debbie am Taxistand und sahen mich entgeistert an.

»Was ist?«, fragte ich.

»Sie sind weggefahren«, sagte Fetcher tonlos. »Wir dachten, du bist hinter ihnen her.«

Ich kaute, schluckte und sagte: »Ich habe sie nicht gesehen.«

»Kein Wunder«, sagte Fetcher. »Du musst ja auch Kuchen futtern.« Er war echt sauer.

»Hier für dich«, sagte ich und drückte Fetcher den Kuchen in die Hand. »Ist sowieso von deinem Geld bezahlt.« Er machte ein blödes Gesicht und warf ihn auf die Straße.

»Das hast du ja ziemlich verbockt«, sagte er. »Man kann dich echt keine zwei Minuten aus den Augen lassen.«

»Ihr hättet mir Bescheid sagen müssen.«

»Bescheid sagen? Du kanntest doch deinen Auftrag.«

»Bist du hier der Chef, oder was?«, fragte ich.

»Hört doch auf«, sagte Debbie. »Das bringt doch nix.«

»Ich habe keine Lust mehr auf euch, ihr Amateure. Ihr seid solche Chaoten. Alle beide«, schimpfte Fetcher.

Jetzt wurde auch Debbie wütend. »Bleib mal locker«, schimpfte sie los. »Was sind denn das für Starallüren? Wir sind doch nicht deine Angestellten.«

»Mir reicht's!«, sagte Fetcher, drehte sich um und ging weg. »Macht euren Scheiß allein.«

»Ich weiß, wo sie hin sind«, rief ich. Fetcher blieb neugierig stehen.

Ich wusste zwar nicht, wo sie waren, aber ich konnte es mir denken. »Sie sind am Theater. Auf dem Parkplatz.«

Debbie und Fetcher guckten mich verwundert an.

»Hellseher, was?«, fragte Debbie.

Ich konnte sie zum Glück überzeugen.

Wir ließen uns von einem Taxi kurz vorm Theater absetzen. Hoffentlich hatte ich den beiden keinen Scheiß erzählt, dachte ich beim Aussteigen. Aber wir sahen den schwarzen Mercedes schon von weitem.

Der Zuhältertyp saß lässig auf der Motorhaube. Er hatte ein Bein auf die Stoßstange gestellt, während er sich irgendetwas Kleines ansah, das er in der Hand hielt. Hagendorf lief währenddessen auf und ab.

Der Wagen stand direkt an den Büschen. Dadurch konnten wir uns ziemlich nah an sie ranschleichen.

»Hundertfünfzig. Mehr ist nicht drin«, sagte der Zuhältertyp gerade.

Hagendorf wirkte unzufrieden. »Aber für die anderen hat es doch auch mehr gegeben.«

»Nimm, oder lass es!«

»Okay«, sagte Hagendorf. Er machte die Hand auf, und der Zuhältertyp zählte ihm die Scheine in die Hand.

»Ich habe ...« Der Rest von Hagendorfs Satz wurde von einem Niesen übertönt. Debbie hielt sich die Nase zu und sah uns ängstlich an.

Hagendorf war stehen geblieben und glotzte angestrengt in die Büsche. »Was war das?«, fragte er.

Statt einer Antwort schob der Ludentyp die rechte Hand in sein Jackett und kam drohend auf unser Versteck zu. Ich griff rasch einen Stein und schmiss ihn weg. Er krachte in einen anderen Teil der Büsche.

»Ratten«, sagte Hagendorf und entspannte sich. »Wo Wasser ist, sind immer Ratten.«

»Scheißviecher!«, sagte der Zuhälter und lauschte noch kurz, zog die Hand aber aus der Jacke.

»Ich werde noch irre. Bin schon ganz paranoid. In den letzten Tagen hatte ich ständig das Gefühl, dass mich wer verfolgt«, sagte Hagendorf und raufte sich die spärlichen Haare.

»Schwachsinn«, sagte der Ludentyp. »Deine Nerven sind im Arsch. Das kommt von der Sauferei. Du musst mehr Vitamine essen.«

Dann fuhren sie weg.

»Mann! Das war es«, jubelte ich. »Jetzt haben wir den Beweis. Wir müssen mit den Fotos sofort zu Otter.«

»Mit welchen Fotos?«, fragte Fetcher.

»Na die Beweisfotos natürlich. Sag bloß, du hast nicht fotografiert?«

»Nein«, sagte er.

Das konnte nicht wahr sein. Auch wenn ich nicht gesehen hatte, was Hagendorf an diesen Ludentypen verkauft hatte, war ich doch ziemlich sicher, dass es die Klunker seiner Schwiegermutter waren.

»Wir hätten uns verraten, wenn ich geknipst hätte«, verteidigte sich Fetcher. »Das ist eine Spiegelreflexkamera, die macht Geräusche. Die klickt.«

»Bei dir klickt es eher«, sagte ich. Was hatte der Kerl auch so ein altmodisches Ding, wo doch mittlerweile jeder eine Digitalkamera hatte.

»Aber das blöde Diktiergerät hast du ja wohl wenigstens mitlaufen lassen?«, sagte ich. Ja, hatte er, aber es war nur Rauschen drauf zu hören und Debbies Niesen. Ich hätte heulen können vor Wut und Enttäuschung.

»Wir gehen zu Otter und sagen aus, was wir gesehen haben. Dann muss er Hagendorf noch mal überprüfen«, schlug Fetcher vor.

»Ach, dann denkt der wieder nur, ich will irgendwen beschuldigen.«

»Ich finde die Idee nicht schlecht«, sagte Debbie.

»Auch wenn wir nicht genau gesehen haben, was Hagendorf diesem Typen verkauft hat, das hätte gut der Schmuck von Frau Neuhaus sein können.«

»Das war garantiert der Schmuck!«, rief ich. »Was sollte Hagendorf dem denn sonst verkauft haben? Seine Überraschungsei-Sammlung, oder was? Und jetzt haben wir nichts in der Hand, weil ihr zu blöd seid.«

»Wir sagen Otter, dass er Hagendorf noch mal überprüfen soll«, meinte Fetcher.

»Schwachsinn!«, rief ich und ließ die beiden stehen. Das kotzte mich alles an. Ich kickte wütend ein paar unschuldige Grasbüschel weg, die sich verzweifelt bemühten, den Asphalt zu durchbrechen. Debbie rief hinter mir her, aber ich drehte mich nicht um.

# 25

Kaum war ich zu Hause, klingelte mein Handy.

Debbie war dran. »Alles in Ordnung?«, wollte sie wissen.

»Jaja«, sagte ich.

»Soll ich vorbeikommen?«

»Nee, ich will jetzt allein sein.«

»Überleg dir das noch mal mit Otter. Wir könnten doch morgen alle zusammen hingehen«, schlug sie vor.

»Okay, ich denk drüber nach.«

Als ich aufgelegt hatte, setzte ich mich an meinen Tisch und überlegte. Ich machte das Licht aus und hörte Musik. Das brachte aber auch nichts, also machte ich das Licht wieder an und die Musik aus.

Scheiße, dachte ich. Mir muss doch was einfallen. Bis Otter was unternimmt, bin ich längst im Knast an Altersschwäche gestorben.

Und auf Fetchers brillante Eingebungen konnte ich auch nicht ewig warten.

Fast wäre ich eingeschlafen, aber dann wurde ich plötzlich hellwach. Im Halbschlaf war mir eine Idee gekommen. Jetzt wusste ich, was ich tun würde.

Es war so simpel. Ich würde Hagendorf einen Brief schreiben. Warum war ich da nicht früher drauf gekommen? Ich nahm mir Block und Kugelschreiber und fing an:

*Hagendorf, ich bin dir auf der Spur.*

Nee, das klang blöd. Außerdem war es besser, wenn ich *Wir* schreiben würde.

*Hagendorf, wir wissen, dass du Frau Neuhaus auf dem Gewissen hast. Wir kennen deine schmutzigen Geschäfte. Wir wollen unseren Anteil. Wenn du nicht willst, dass wir zur Polizei gehen, komm um Mitternacht zum Parkplatz. Du weißt, wo.*

Ich sah mir mein Werk noch mal genau an. Genial. Nicht mal Rechtschreibfehler. Zumindest, soweit ich das beurteilen konnte.

Den Brief steckte ich in einen Umschlag, schob ihn mir in den Hosenbund und machte mich auf den Weg. Ich wusste, ich musste es sofort machen, ohne groß nachzudenken, sonst würde ich es mir überlegen und den Mut verlieren. Unterwegs dachte ich noch mal über alles nach. Wenn Hagendorf nicht der Mörder war, würde er nicht darauf reagieren.

Vielleicht sollte ich Otter Bescheid sagen oder Debbie und Fetcher, überlegte ich. Falls Hagendorf den Zuhältertypen mitbrachte. Nee, ich musste da allein durch. Sie würden nur alle versuchen, es mir auszureden, oder meinen Plan durcheinanderbringen. Vorsichtshalber schrieb ich aber noch eine Warnung an Hagendorf dazu: *Komm ja allein, wir wissen von deinem Komplizen. Wenn du uns verarschst, machen wir dich alle.*

Ich wusste zwar noch nicht, wie ich Hagendorf dazu bringen sollte, den Mord zuzugeben, aber irgendwie würde ich ihn schon davon überzeugen, dass es besser für ihn wäre. Für alle Fälle hatte ich mein Butterflymesser eingesteckt. Ein gutes Argument. Hatte schon einige überzeugt.

Erst stand ich eine Weile unschlüssig vor Hagendorfs Haus rum. Was, wenn jemand sah, wie ich etwas bei ihm in den Briefkasten steckte? Aber eigentlich auch egal, er würde ja sowieso bald im Knast sitzen, und da mir nichts Besseres einfiel, ging ich einfach rein.

Vor den Briefkästen standen zwei alte Frauen und unterhielten sich über ihre Krankheiten.

Nach einer Ewigkeit humpelten sie weg, und ich hatte freie Bahn.

Bis ich Hagendorfs Briefkasten gefunden hatte, vergingen noch mal zehn Minuten. In diesem Haus wohnten mindestens tausend Parteien.

Als ich den Brief endlich reingeworfen hatte, tauchte das nächste Problem auf. Wie konnte ich sicherstellen, dass Hagendorf selbst den Brief fand und nicht seine Frau?

Das Problem löste sich im nächsten Moment ganz von allein. Hagendorf kam auf das Haus zugeschlurft, mit einer Tüte voller Bierflaschen in der Hand. Es gab wohl was zu feiern.

Er trug eine zu kurze und zu enge Hose, die er wahrscheinlich schon zu seiner Jugendweihe getragen hatte. Dazu Sandalen mit gelben Socken. Dieser Typ hatte wirklich keine Hemmungen, sich lächerlich zu machen.

Ich huschte die Kellertreppe runter. Durch die Streben hatte ich einen guten Blick auf die Briefkästen.

Hagendorf stellte die Tüte klirrend ab, schloss den Briefkasten auf, zog meinen Brief raus und beäugte ihn stirnrunzelnd. Auf den Umschlag hatte ich geschrieben:

*Wichtig. Sofort aufmachen.*

*(Einer, der es gut mit dir meint.)*

Endlich riss er den Brief auf und las. Er brauchte eine Ewigkeit. Konnte er etwa nicht lesen? Doch dann wurde Hagendorf tiefrot und schien jeden Moment zu explodieren – er hatte also verstanden, worum es ging. Er zerknüllte den Brief, rannte zur Haustür, riss sie auf und glotzte raus. Eine Frau kam gerade rein, machte aber einen großen Bogen um ihn. Er sah aus wie ein Irrer.

»Guten Morgen, Herr Hagendorf.« Sie musterte ihn von oben bis unten.

»Was glotzen Sie denn so?«, herrschte er sie an.

»Haben Sie sich mal nicht so«, sagte sie. »Ich habe schon hübschere Männerbeine gesehen als Ihre.«

»Fahren Sie doch zur Hölle, Sie bucklige, alte Brotspinne«, blaffte Hagendorf, dann hastete er an ihr vorbei zum Fahrstuhl.

Während ich noch einen Augenblick unter der Treppe hockte, wurde mir klar, dass es jetzt kein Zurück mehr gab. Ein Teil von mir hoffte, dass ich mich in Hagendorf geirrt hatte. Wer wollte schon nachts allein einen Mörder treffen?

Aber ich hatte gar keine Zeit, mir Sorgen zu machen, bis Mitternacht musste ich vorbereitet sein.

Auf dem Weg zu Hagendorfs Haus war mir eine geniale Idee gekommen: Ich würde mir Fetchers Aufnahmegerät leihen!

Ich holte mein Fahrrad und fuhr zu ihm.

Dummerweise war er nicht da. Seine Mutter machte auf und sagte, dass Fetcher mit seinem Vater ins Kino gegangen wäre. Da war ich platt. Fetcher geht mit seinem Alten ins Kino? Was waren denn das für Sitten? Auf den Gedanken wäre mein Alter nie gekommen. Ich aber auch nicht. Die

Mutter war ganz nett. Eigentlich war ich ja sauer auf sie, wegen des Umzugs. Aber sie lud mich gleich ins Haus ein und trank eine Cola mit mir. Sie sagte, Fetcher hätte schon einiges von mir erzählt, und ich wurde tatsächlich rot.

Sie sah eigentlich noch ganz klasse aus für ihr Alter.

Es war nett, mit ihr zu quatschen, aber ich war zu aufgeregt, um ruhig dazusitzen, also fragte ich gleich nach dem Aufnahmegerät. Sie wollte gar nicht wissen, wofür ich es brauchte. Ich könnte es mir aus Fetchers Zimmer holen, sagte sie. Wirklich lässig, die Braut.

Ich trank noch meine Cola aus, und dann machte ich mich auf den Weg, bevor Fetcher kam und dumme Fragen stellen konnte. Eigentlich war es gut, dass er nicht da gewesen war.

Auf dem Weg nach Hause probierte ich das Ding aus. Es funktionierte einwandfrei. Jetzt musste Hagendorf nur noch gestehen. Aber das würde ich schon hinkriegen.

Zu Hause lief ich gleich in Nora rein. Blöderweise hatte ich das Diktiergerät in der Hand.

»Was willst du denn damit?«

Manchmal konnte ihre Neugier wirklich nerven. »Für Vokabeln«, sagte ich und verschwand schnell in meinem Zimmer, wo ich das Ding erst mal zwischen den Socken im Schrank verstaute.

Es war erst neun Uhr, ich hatte noch fast drei Stunden Zeit, bevor ich losmusste. Ich war ziemlich nervös und wusste nicht, wie ich die Stunden rumkriegen sollte. Um mich abzulenken, guckte ich mit dem Alten, Nora und Dennis eine Quizshow. Das war Papas Lieblingssendung. Er wusste ziemlich viel, und Nora und ich redeten ihm ständig zu, dass er sich mal bewerben solle. Aber wenn wir uns vorstellten, wie der Alte da hocken und vor sich hin schwitzen würde, bekamen wir jedes Mal einen Lachanfall.

»Jetzt hat der keinen Joker mehr. Der ist aber auch zu blöd, alle drei hintereinander aufzubrauchen«, schimpfte er. »Jetzt hätte er den Telefonjoker bringen müssen.«

Dann guckten wir Nachrichten, was den Alten immer tierisch aufregte. Ich verstand gar nicht, warum er sich den Schwachsinn trotzdem immer wieder ansah.

Um halb zwölf tigerte ich ratlos in meinem Zimmer auf und ab. Ich hatte damit gerechnet, dass der Alte um elf besoffen auf dem Sofa einpennen würde, aber er hielt sich einigermaßen fest im Sattel. Je näher der Gerichtstermin rückte, umso klarer wurde er. Er hatte sich sogar um einen Anwalt gekümmert. Und das war diesmal nicht so eine hohle Nuss wie sein alter Kumpel.

Wie sollte ich jetzt unauffällig aus der Wohnung kommen, wenn der Alte noch wach war? Um Viertel vor zwölf war mir immer noch nichts eingefallen. In der Wohnung nebenan klingelte das Telefon, und ich ärgerte mich über die dünne Wand, durch die jeder Scheiß zu hören war. Aber das brachte mich auf eine Idee. Schade nur, dass Debbie jetzt nicht da war. Die hätte mich ein bisschen bewundern können.

Ich schlich in den Flur und rief mit dem Handy unsere Festnetznummer an. Als es klingelte, nahm ich schnell den Hörer ab und sagte laut:

»Ach, Fetcher, du bist's.«

Der Alte steckte den Kopf aus der Wohnzimmertür.

Blöderweise hatte ich mir nicht genau überlegt, was ich

Fetcher sagen lassen wollte. Immer wenn ich eine geniale Idee hatte, gab es Probleme bei der Umsetzung.

Der Alte stand immer noch da.

»Ja«, sagte ich in die tote Leitung. »Klar, kann ich machen. Das ist ja ein Ding. Echt?« Ich schüttelte den Kopf und machte eine Grimasse zum Alten. »Hm, hm!«, sagte ich wieder in den Hörer. Was sollte ich jetzt bloß erzählen? »Das ist ja unglaublich. Nee, echt. Ich fasse es nicht, also so was. Also wirklich.« Was redete ich bloß für einen Scheiß? »Ja, mach ich, Fetcher. Bis später!« Ich legte auf. Scheiß drauf, dachte ich. »Das war Fetcher.«

»Das war ja nicht zu überhören. Was ist denn?«

»Er braucht sofort meine Hilfe.«

»Ja, warum denn?«, wollte er wissen.

Ist der Alte hartnäckig, dachte ich. Konnte er nicht einfach mal was im Raum stehen lassen? Warum müssen die Leute immer alles genau wissen? Die reinste Gedankenpolizei.

»Er hat Ärger mit seinen Eltern. Die zoffen sich, und Fetcher ist abgehauen.«

»Dann soll er doch herkommen«, schlug der Alte vor. »Er kann hier schlafen. Wir rufen seine Eltern an, und morgen fährt er wieder nach Hause.«

»Nee, nee, er schläft bei seiner Tante.«

»Aha«, machte der Alte. »Und was sollst du jetzt machen? Ihm ein Schlaflied singen?«

»Ha, ha!«, machte ich.

»Na ja, Fetcher braucht frische Klamotten.«

»Wieso braucht er denn jetzt noch frische Klamotten? Es ist gleich Mitternacht. Ich dachte, der schläft bei seiner Tante. Oder geht er mit der noch auf einen Ball?«

»Fetcher ist auf dem Weg zu ihr ins Wasser gefallen. Und jetzt braucht er trockene Klamotten.«

»Wieso ist der ins Wasser gefallen? Ist der betrunken?«

»Was weiß ich«, sagte ich. »Er war so in Wut, wegen seiner Eltern, und da ist er in einen Bach gefallen. Seine Sachen sind total verdreckt, und er muss morgen ganz früh raus, weil er zum Arzt muss.«

Der Alte sah mich misstrauisch an. Ich hätte mir diesen Scheiß jedenfalls nicht abgenommen.

»Fetcher passiert dauernd so was. Der ist total zerstreut«, sagte ich.

»Trotzdem. Ich weiß nicht so recht«, meinte der Alte und legte die Stirn in Falten. »Es ist schon ziemlich spät.«

Ich erzählte was von Freundschaft und dass ich Fetcher doch nicht im Stich lassen könnte.

»Wo wohnt denn seine Tante?«, wollte er wissen.

»Ganz in der Nähe«, sagte ich. Verdammt, ich musste los.

»Wieso ist Dennis bloß nicht da? Wieso gehen die ausgerechnet heute Abend auf diesen blöden Geburtstag?«, schimpfte er. »Ruf ihn an, der soll mitgehen.«

»Mensch, Papa«, flehte ich. »Fetchers Tante wohnt gleich um die Ecke. Fünf Minuten zu Fuß. Um die Zeit ist in dieser toten Gegend keiner unterwegs, und schon gar nicht Ronny und seine Idiotenbande. Die schnarchen um diese Zeit besoffen in ihrer Reichskriegsflaggen-Bettwäsche oder hören Führer-Reden, oder was weiß ich. Ich pass schon auf mich auf.«

Plötzlich kriegte er einen moralischen und drückte mich an sich. »Das hat deine Mutter auch immer gesagt. Selbst als sie schon ganz krank war. Sie hat immer gesagt: Mach dir keine Sorgen, ich pass schon auf mich auf. Der Krebs kriegt mich nicht.« Er schluchzte, und meine Schulter wurde ganz feucht.

»Mensch, Papa, du machst mich ja ganz nass!«

»Oh, tut mir leid«, sagte er und wischte mit seinem vollgerotzten Taschentuch an meinem T-Shirt rum.

»Ist gut, Papa. Ich bin doch gleich wieder da.«

»Gut, aber pass auf dich auf«, bat er und schnäuzte in sein Taschentuch.

»Versprochen«, sagte ich.

Die Gefühlsattacke des Alten hatte mich ziemlich mitgenommen. Aber für die Jagd braucht man kaltes Blut, also versuchte ich, nicht mehr daran zu denken.

»Du hast schon recht, Freunde sind wichtig«, säuselte er, während ich wahllos ein paar Klamotten in meine Sporttasche stopfte. »Besonders jetzt, in deiner Situation«, quatschte er, und ich wünschte, er würde wieder ins Wohnzimmer gehen. Ich konnte ihn jetzt nicht gebrauchen.

»Vielleicht sollte ich mitgehen. Ein Spaziergang könnte nicht schaden«, schlug er vor.

»Papa!«, sagte ich. »Ich bin doch kein Baby.«

Er nickte. »Na gut. Gib ihm die Sachen und komm gleich wieder nach Hause.«

»Ich bin schneller wieder hier, als eine Katze von einer heißen Herdplatte hüpft. Geh ruhig schlafen.«

»Ihr denkt wohl auch, der Alte kriegt nichts mehr mit. Mit dem könnt ihr es ja machen«, murmelte er und verzog sich.

Ich klemmte die Sporttasche auf den Gepäckträger und schwang mich aufs Fahrrad. Am Himmel stand ein vollgefressener Mond und grinste. Ich nahm das als gutes Zeichen. Eigentlich wollte ich vor Hagendorf am Parkplatz sein, um die Lage zu checken und mir noch was zu überlegen. Aber es war schon nach zwölf. Also trat ich wie ein Irrer in die Pedale.

Als ich ankam, war aber keiner zu sehen. Nur ein einsames Auto. Erst kriegte ich einen Schreck und wollte abhauen, weil ich dachte, es wäre der schwarze Mercedes, aber es war ein kanariengelber Polo. Ziemlich hässlich. Wer fährt denn so eine alberne Kiste, dachte ich noch, da traf mich etwas am Kopf, und ich ging zu Boden.

Meine Bewegungen waren wie in Sirup getaucht, alles lief in Zeitlupe vor mir ab. Ich hörte jemanden sprechen. Ich hob den Kopf und sah einen Schatten, der vor mir stand. Plötzlich machte der Schatten eine Bewegung, und dann wurde es schwarz, als hätte jemand das Licht ausgeknipst.

# 26

Ich schlug die Augen auf. In meinem Kopf dröhnte es, als würde eine ganze Armee von Zwergen darin herumhämmern.

Der Mond schien hell, und so konnte ich alles gut sehen. Ich lag am Fluss, nicht weit von mir entfernt kniete eine Gestalt und war mit irgendetwas beschäftigt. Das kam mir alles so normal vor, dass ich die Augen wieder zumachte.

Dann klatschte mir etwas Kaltes, Nasses ins Gesicht, und das brachte mich zu Bewusstsein. Ich schlug die Augen auf und sah in Hagendorfs blöde Visage.

»Na, du kleiner Scheißer«, zischte er. »Wolltest wohl den Helden spielen und mich reinlegen, was? Da musst du aber früher aufstehen.«

Mir war schlecht, ich hätte kotzen können. Bestimmt hatte ich eine Gehirnerschütterung. Ich biss die Zähne zusammen, bis mein Kiefer wehtat. Mit einer Hand griff ich mir an den Kopf. Mit der anderen Hand fingerte ich unauffällig nach meinem Messer – es war weg. Ich tastete mit der flachen Hand über den Boden. Vielleicht lag es ja irgendwo herum.

Hagendorf kicherte. »Suchst das hier, was?« Er hielt mir

die Klinge meines eigenen Messers an den Hals. »Du kleines Arschloch!« Er schlug auf meine gebrochene Nase. Ich schrie auf.

»Schnauze!« Hagendorf riss meinen Kopf an den Haaren hoch und drückte mir das Messer an den Hals. Die Haut spannte sich unter der Klinge, ich fühlte das kalte, scharfe Metall und bekam Schiss, dass er mir jeden Moment die Kehle durchschneiden würde. Ich roch seine Schnapsfahne.

»Na, wie fühlt sich das an?«, fragte er gehässig.

Ich hielt lieber die Klappe. Auf dem Boden stand meine Sporttasche. Hatte er etwa vor abzuhauen und mich als Lebensversicherung mitzunehmen? Aber wieso waren wir am Fluss? Um mit einem Boot zu flüchten?

»Es wird wie ein Unfall aussehen.« Als hätte er meine Gedanken gelesen. »Du bist ins Wasser gegangen. Du hast den Druck nicht mehr ertragen. Das schlechte Gewissen wegen dem Mord und die drohende Strafe. Du hast es einfach nicht mehr ausgehalten.«

Hagendorf schien meine Gedanken zu lesen. Es dauerte ein paar Sekunden, bis ich wirklich begriff, was er vorhatte. »Scheiße, das können Sie doch nicht machen!« Ich versuchte, auf die Beine zu kommen, knickte aber ein wie ein Strohhalm. »Hilfe!«, schrie ich, woraufhin mir Hagendorf in den Magen schlug. Ich krümmte mich röchelnd zusammen.

»Vor dir sind schon so viele in den Fluss gegangen. Also bist du nicht allein da unten«, kicherte er.

»Das wird nie funktionieren. Man wird Sie erwischen. Und dann haben Sie zwei Morde auf dem Gewissen.«

»Es geht ganz schnell, Junge. Du wirst kaum was merken. Ertrinken soll gar nicht so schlimm sein.«

»Außer, dass man dann tot ist«, schrie ich. »Ersauf doch selber!« Ich versuchte, die Böschung hochzukrabbeln, war aber zu schwach.

Hagendorf warf sich auf mich.

»Mach es uns beiden nicht so schwer, Kleiner«, zischte er mir ins Ohr.

Nicht so schwer? Er wollte mich umbringen, da konnte er ja wohl kaum erwarten, dass ich stillhielt.

»Was war das auch für ein idiotischer Plan!«, brabbelte er weiter. »Hättest dir doch denken können, dass da nix bei rauskommt.«

Er fesselte mich an Händen und Füßen.

Meine Kopfschmerzen waren immer noch unerträglich, ich konnte mich nicht wehren.

Hagendorf suchte große Steine, die er ächzend in die Tasche wuchtete. Schweißperlen glänzten auf seiner Halbglatze.

Als mir klar wurde, was er vorhatte, musste ich kotzen. Irgendwie hatte ich in einem Winkel meines Gehirns gehofft, er würde mich vielleicht nur einschüchtern wollen. Aber das mit der Tasche war so endgültig.

Mit den Steinen hätte ich keine Chance, ich würde einfach untergehen. Ich war wie gelähmt, als er mir ein Seil um den Hals schlang und das andere Ende an der Tasche festknotete.

Mein Herz schlug so heftig gegen die Rippen, dass es wehtat. Wie ein Vogel, der gegen die Stäbe seines Käfigs schlägt, dachte ich.

Hagendorf zog das Seil um meinen Hals enger.

»Ich werde Sie nicht verraten«, würgte ich mühsam hervor. Meine Stimme klang, als käme sie aus einer rostigen

Tonne. Er lockerte das Seil ein bisschen, und ich schnappte gierig nach Luft.

»Wenn ich dich jetzt schon erwürge, sieht es nicht nach Selbstmord aus«, kicherte Hagendorf. Er hatte einen ziemlich irren Blick drauf.

»Aber wenn Sie mich gefesselt in den Fluss werfen, sieht es auch nicht wie ein Selbstmord aus.«

Er dachte kurz nach und nahm mir dann die Fesseln ab.

»Ich werde nichts sagen«, bettelte ich. Ich musste unbedingt Zeit gewinnen. »Ich werde die Schuld auf mich nehmen. Sollen die mich doch verknacken. So schlimm wird es nicht werden, ich kriege ja eine Jugendstrafe. Vielleicht fünf Jahre. Die sitze ich ab und verschwinde dann. Ich komme nie wieder nach Schwedt.«

Er zögerte und schüttelte dann den Kopf. »Verarsch mich nicht. Du glaubst wohl, ich bin dämlich, oder?«

»Aber warum haben Sie das getan?« Vielleicht fand ich ja doch noch einen Weg, ihn zu überzeugen, mich gehen zu lassen.

»Das kann dir doch egal sein«, grummelte er. Nach einer kurzen Pause fügte er hinzu: »Es war nicht geplant. Es war ein Unfall. Die Alte saß wie ein Drachen auf ihrer Kohle. Für uns hat sie nie was übergehabt. Ihrem Sohn im Westen hat sie ständig was geschickt. Aber für uns gab es nichts. Dabei haben wir uns um die Alte gekümmert. Meine Frau ist ständig hingerannt, wenn sie gepfiffen hat. Die hat sich nicht mal getraut, übers Wochenende wegzufahren. Und wenn wir mal was brauchten, war sie geizig, diese alte Natter. Ich wollte mir was von ihr leihen. Nur einen kleinen Betrag, aber sie hat mich beschimpft. Da bin ich eben ausgerastet. Pech, dass du es ausbaden musst.« Er grinste mich böse an. »Aber es trifft ja nicht den Falschen. Du bist nur ein kleiner Gauner. Glaubst du vielleicht, jemand weint dir eine Träne nach?«

»Vielleicht können wir ja eine andere Lösung finden«, sagte ich, bevor er wieder auf den Gedanken kam, mir den Sauerstoffhahn abzudrehen.

»Häh?«, grunzte er.

»Ich kenne die Sparkasse in Gramzow ganz gut. Kein Alarmsystem, keine Wachen. Reingehen, ›Hände hoch‹ schreien, Kohle einsacken und weg. Ein Kinderspiel. Und dann kann ich nicht zur Polizei gehen, weil ich ja mit drinstecke. Sie können auch die ganze Kohle behalten. Ich will gar nichts haben.«

Er lachte. »Mann, bist du verkorkst«, sagte er. »Und das in deinem Alter. Als wir so alt waren wie du, haben wir Fußball gespielt. Und heute nehmt ihr Drogen und klaut alten Omas die Taschen.«

Ich wollte gerade widersprechen, da zog mich Hagendorf blitzschnell auf die Füße, und ehe ich reagieren konnte, hatte er mich in den Fluss geschubst. Ich landete kopfüber in der Brühe und schluckte einen Schwall Wasser. So nah am Ufer war es natürlich zu flach zum Ertrinken. Ich kam auf die Beine, stand im hüfttiefen Wasser und hustete.

Hagendorf sprang hinter mir her und drückte mich unter Wasser. Er keuchte vor Anstrengung.

Hinter meiner Schläfe fing es zu pochen an. Meine Adern mussten sich jeden Moment verabschieden und explodieren. Das war es dann, dachte ich gerade noch und sah tatsächlich mein Leben vor mir ablaufen.

Ich sah mich als kleines Kind auf dem Arm meiner Mutter.

Ich sah den Alten, sauber gekämmt und zehn Jahre jünger. Ich fuhr das erste Mal Fahrrad und wusste wieder, wie sich das angefühlt hatte. Ich wollte gar nicht mehr aufwachen aus diesem Traum.

Da wurde mein Kopf aus dem Wasser gerissen, jemand zerrte an mir rum. Dann fühlte ich mich so leicht, der Druck an meinem Hals verschwand. Jetzt bin ich tot, dachte ich.

Jemand drückte auf meine Brust, ich hörte eine Frauenstimme.

Das ist Mama, die holt mich ab, ging es mir durch den Kopf. Ich freute mich richtig auf sie.

Dann waren wieder mehrere Stimmen zu hören, und ich dachte: Wen hat Mama denn da noch alles mitgebracht? Jemand rief meinen Namen. Ich machte mühsam ein Auge auf. Und da stand Otter. War der etwa auch tot? In seinem Augenwinkel glitzerte was, das sah fast aus wie eine Träne, vielleicht war es aber auch nur das Mondlicht.

Mann, Otter. Was bist du für ein Weichei!, wollte ich sagen, da piekte mich etwas in den Arm. Was piekt Mama mich denn, dachte ich und starb.

# 27

Um mich herum war alles weiß. Weiße Wände, weißer Fußboden, weiße Vorhänge, weiße Laken. Im ersten Moment war ich geblendet. Das musste die White-Boyz-Hölle sein, durchfuhr es mich. Aber dann fiel mein Blick auf Debbie. Sie saß auf einem grünen Stuhl. Ich lächelte erleichtert, und sie lächelte zurück.

»Guten Morgen«, sagte sie leise und beugte sich vor, um mir durch die Haare zu wuscheln.

»Was ist denn?«, konnte ich gerade noch fragen, dann wurde es wieder schwarz. Das wurde langsam langweilig, diese ewigen Blackouts.

Als ich das nächste Mal aufwachte, saß nicht Debbie auf dem grünen Stuhl, sondern Nora. Sie grinste mich an. Wieso waren die alle hier, fragte ich mich, aber als Nora »Na, du Loser!« sagte, wurde mir klar, dass ich irgendwie nicht ganz tot war. Vielleicht war ich in so einer Art Wartezimmer des Himmels, und die checkten erst mal meine Akte, bevor sie entschieden, ob sie mich aufnahmen oder in die Hölle schickten.

»Selber Arschloch«, sagte ich zu Nora. Es klang aber eher wie »chelba, Aschloh«.

Irgendjemand musste mir einen Lappen in den Hals geschoben haben.

Nora setzte sich aufs Bett und nahm meine Hand.

»Wo bin ich denn?«

»Im Krankenhaus«, sagte sie, als wäre es das Normalste von der Welt.

»Mensch, Alex«, sagte Nora. »Das hätte ins Auge gehen können.« Sie weinte ein bisschen.

Ich konnte nicht sprechen. Es war ein gutes Gefühl, von den Toten auferstanden zu sein.

Als Nora verschwand, um den Arzt zu suchen, versuchte ich, mich aufzusetzen. Es ging sogar. Ich saß da, wartete und sah mich im Zimmer um. Auf dem Nachtschrank stand ein Glas Wasser. Ich nahm einen Schluck, kriegte ihn aber nicht runter. Mein Hals brannte wie Feuer.

Da flog die Tür auf, und der Alte stürmte rein. War das eine Freude! Er heulte und lachte gleichzeitig und steckte mich damit an. Als dann Nora mit einer ganzen Horde von Ärzten und Schwestern zurückkam, lagen wir uns gerade in den Armen. War das peinlich!

Der Arzt leuchtete mir in den Hals und brummte. Aber es war wohl ein erfreuliches Brummen, denn er lächelte mich anschließend an.

»Ich habe mordsmäßigen Durst«, sagte ich.

»Du darfst leider noch nichts trinken«, sagte der Arzt. »Dein Hals ist sehr wund und ziemlich angeschwollen. Du musst ein bis zwei Tage den Tropf ertragen. Es geht leider nicht anders.«

Ich nickte. Was blieb mir auch übrig?

Eine Krankenschwester steckte mir eine Nadel mit einem

Schlauch dran in den Arm. Am anderen Ende vom Schlauch hing ein Beutel mit einer durchsichtigen Flüssigkeit.

Der Arzt und seine Leute verschwanden wieder, und Nora und Papa setzten sich aufs Bett und lachten und weinten abwechselnd. Dann kam Debbie rein und lächelte mich an. Wie ein Engel stand sie da, die letzten Sonnenstrahlen verfingen sich in ihren Haaren. Wir umarmten uns nur kurz, schließlich schauten Nora und der Alte grinsend zu.

Debbie setzte sich aufs Bett. Ich sah alle drei neugierig an. Bislang hatte mir noch keiner erzählt, was eigentlich passiert war.

»Erzählt doch mal. Was war denn jetzt eigentlich?«, drängelte ich.

Debbie grinste und zog einen zerknitterten Zeitungsartikel aus der Hosentasche. Sie faltete ihn auseinander. Oben drüber prangte ein Riesenfoto von Debbie. Ich versuchte, ihr die Zeitung wegzuschnappen, aber sie war schneller als ich. »Ich lese dir vor«, sagte sie.

*Mutiges Mädchen rettet ihren Freund!*

*Debbie R. ist ein hübsches Mädchen. Aber keiner ahnte, dass sie eine kriminalistische Spürnase besitzt, die sogar Sherlock Holmes alt aussehen lassen würde.*

Der Artikel ging noch weiter, aber die Sätze waren so lang und ich verlor den Faden.

»Erzähl doch mal selber«, forderte ich Debbie auf. »Ich kapiere es nicht!«

»Also«, begann Debbie. »Ich wollte mich wieder mit dir vertragen, und da habe ich noch mal angerufen. Nach Mitternacht. Und als dein Vater gesagt hat, dass du Fetcher Klamotten bringen willst, wusste ich sofort, dass du ihm totalen Schwachsinn erzählt hast. Ich verstehe nicht, wie er das glauben konnte. Ihr Männer seid manchmal wirklich zu naiv.«

Sie sah den Alten an, der verlegen lächelte.

»Dann habe ich Fetcher angerufen, und der war natürlich nicht bei seiner Tante und hatte sich auch nicht mit seinen Eltern gezofft. Er hat mir erzählt, dass du dir das Diktiergerät geholt hast. Da war mir klar, dass du was mit Hagendorf vorhast. Dann bin ich zu deinem Vater. Fetcher kam auch, und dann haben wir Otter angerufen und überlegt, wo du stecken könntest. Otter hat bei Hagendorf angerufen. Das war Fetchers Idee. Und seine Frau sagte, dass ihr Mann vor einer Stunde weggegangen war.«

Sie trank einen Schluck Wasser.

»Erzähl weiter«, rief ich ungeduldig.

»Jetzt wurde es echt schwierig. Keiner wusste, wo ihr seid. Aber dann kam ich drauf. Es gab nur diesen einen Ort, wo du dich mit ihm treffen würdest. Den Parkplatz neben dem Theater.«

Scheiße, was war ich durchschaubar, dachte ich.

Debbie machte eine Pause.

»Ja und?«, fragte ich.

»Ja, und da haben wir dein Fahrrad gefunden. Und kamen gerade noch rechtzeitig.«

»Und das ist alles?«, rief ich.

Debbie nickte. »Das ist alles!«

»Wahnsinn«, sagte ich. »Dann bist du schuld, dass ich noch lebe?«

Sie lachte und umarmte mich, und diesmal war es mir

nicht peinlich vor Nora und dem Alten. Wenn man dem Tod von der Schippe springt, sollte man sich nicht so anstellen.

Als sie gegangen waren, dachte ich noch mal über alles nach. Aber meine Gedanken drehten sich im Kreis, bis mir fast schwindelig wurde und ich erschöpft einschlief.

Den Rest erfuhr ich am nächsten Tag von Otter.

Er hatte sich tatsächlich ins Krankenhaus getraut, um sich bei mir zu entschuldigen. Wir gaben uns die Hand. Ich war nicht nachtragend. Außerdem hatte er mir einen Gameboy mitgebracht.

Jedenfalls erzählte mir Otter, dass Hagendorf Spielschulden hatte. Und um die zu bezahlen, hatte er seine Schwiegermutter angebettelt. Als sie ihm nichts geben wollte, hat er sie geschubst. Dabei ist sie gefallen und unglücklich mit dem Kopf aufgeschlagen. Er hat den Schmuck und das Geld geklaut und hatte Glück, dass ihn niemand gesehen hat. So gab es keine Hinweise, alles musste auf mich deuten.

Das Alibi verschafften ihm zwei seiner Zockerkumpels, die dafür ein paar hundert Euro bekamen.

Und was den Zuhältertyp anging, das war ein bekannter Hehler aus dem Rotlichtmilieu, dem Hagendorf den Schmuck verkauft hatte.

»Und Frau Hagendorf?«, wollte ich wissen.

»Die ist unschuldig. Die wusste zwar, dass ihr Mann das ganze Geld verspielte, aber sie hatte Angst vor ihm.«

Als Otter ging, schüttelte er mir die Hand und sagte, ich solle ihn mal besuchen. »Aber du wirst bestimmt sowieso bald wieder auf dem Revier stehen, wegen irgendeiner kriminellen Geschichte, Alex«, lachte er.

Ich lachte auch und sagte: »Ich werde Polizist, und dann werde ich auf dem Revier stehen und Ihren Platz einnehmen.«

Das fand er dann gar nicht mehr so komisch.

Endlich weiß jeder, dass ich nicht der Mörder von Frau Neuhaus bin, dachte ich, als ich allein war. Endlich kann ich in mein altes Leben zurück!.

Aber dann fielen mir die White Boyz ein und Schädel und Marcel und Mandy, und ich vermisste niemanden von denen.

Kurz nach Otter kam Fetcher. Er grinste, und wir schüttelten uns die Hände. Tat gut, ihn zu sehen.

Er erzählte, dass seine Mutter eine Wohnung in Berlin gefunden hätte. Und irgendwie freute ich mich darauf, ihn dort zu besuchen.

Ich blieb noch ein paar Tage im Krankenhaus.

Meine Familie und Debbie kamen jeden Tag, und auch Fetcher kam hin und wieder vorbei.

Jeden Tag wurden Blumen oder Süßigkeiten für mich abgegeben. Wildfremde Menschen schickten mir Grüße. Frauen schrieben mir, dass sie mich gern mal kennenlernen wollten. Die jüngste war 36!

Besonders freute ich mich über den Brief von meiner Klasse. Sogar Schädels unleserliches Gekritzel war dabei. Meine Augen wurden doch tatsächlich ein bisschen feucht.

Dann kam das Lokalfernsehen, und ich saß auf dem grünen Stuhl und erzählte meine Story. Diesmal war der Beitrag ganz okay.

Dann kam ein Schriftsteller, der einen Roman über mich schreiben wollte.

»Was springt denn dabei raus?«, fragte ich.

»Unsterblichkeit!«, sagte er.

Ich dachte darüber nach. Klang nicht schlecht. Wir verabredeten uns für die Zeit nach dem Krankenhaus.

Am Tag meiner Entlassung fuhr ich mit Debbie, Fetcher, Nora und Dennis eine Woche zum Zelten an die Ostsee. Ich schlief mit Fetcher in einem Zelt. Mit Debbie durfte ich nicht, Nora passte auf wie ein Luchs.

Als wir wieder zu Hause waren, kam Oma und heulte rum, wie leid ihr alles tun würde. Es wären so schlimme Zeiten, und als alte Frau wäre man ja so schutzlos, flennte sie. Der Alte schmiss sie raus.

Ach ja, der Alte. Er schreibt jetzt wieder Bewerbungen und säuft kaum noch. Nur noch abends. Ich glaube, er ist auf einem guten Weg. Die ganze Sache hat ihm zu denken gegeben.

Fetcher hat sich mit Violetta getroffen. Aber sie hat ihn abblitzen lassen. Mir hat er allerdings erzählt, er wolle sich in Schwedt nicht binden, wo er jetzt doch nach Berlin ziehen würde.

Na ja, da gibt es auch Weiber, habe ich ihm gesagt. Habe ich jedenfalls gehört.

Letztens war ich am Grab von Frau Neuhaus und habe Blumen hingelegt. Ich glaube, sie hat mir die geklauten fünfzig Euro verziehen. Jedenfalls hörte es auf zu regnen und die Sonne brach durch die Wolken, als ich da so vor ihrem Grabstein stand. Kann natürlich auch Zufall gewesen sein. Aber wer weiß.

Auf dem Rückweg vom Friedhof traf ich Schädel. Er ist jetzt Sprayer und kam gerade aus dem Jugendzentrum, wo sich seine neue Clique trifft und unter Aufsicht Holzzäune ansprüht. Wir sind zusammen mit dem Bus nach Hause gefahren.

»Kein Bock mehr auf die White Boyz. Ist doch Kinderkacke, dieser Nazikram. Ich mache jetzt lieber meine Tags. Musst du mal drauf achten in der Siedlung. Sieht cool aus.«

»Mach ich«, sagte ich zum Abschied.

»Ronny sitzt übrigens im Knast«, sagte Schädel noch, als er mir die Hand hinhielt. »Er hat irgendwie Kohle unterschlagen und sich den Roller davon gekauft. Und Hermes ist im Suff von einem Laster überfahren worden. Ist einfach auf die Straße gerannt, ohne zu gucken, der Idiot. War sofort tot.« Er schüttelte fassungslos den Kopf.

»Blöde Geschichte«, sagte ich und ließ Schädel stehen.

»Ey, Alter, die Straßen müssen bunter werden«, rief er hinter mir her und klickerte dabei mit seinen Sprühdosen. Ich drehte mich nicht um.

Als ich in unsere Straße einbog, kam sie mir entgegen, Debbie! Sie lächelte so überirdisch, dass ich einfach dahinschmolz.